Editora Charme

UM AMOR PARA LADY Ruth

OS PRESTON - 2.5

LUCY VARGAS

1ª Impressão 2018

Produção editorial: Editora Charme
Revisão: Ingrid Lopes e Jamille Freitas
Capa e produção: Verônica Góes
Foto: PI Imagens - Depositphotos

CIP-BRASIL, CATALOGAÇÃO NA PUBLICAÇÃO
SINDICATO NACIONAL DE EDITORES DE LIVROS, RJ

Vargas, Lucy
Um Amor para Lady Ruth / Lucy Vargas
Editora Charme, 2018.

ISBN: 978-85-68056-58-5
1. Romance Brasileiro - 2. Ficção brasileira

CDD B869.35
CDU 869.8(81)-30

www.editoracharme.com.br

Editora Charme

UM AMOR PARA LADY *Ruth*

OS PRESTON - 2.5

LUCY VARGAS

Dedicatória

Para minha mãe, sempre a lady da casa.

Para todas as leitoras que se apaixonaram pelos Preston e tornaram possível contar a história da família e de seus amigos.

CAPÍTULO 1

No começo da temporada de 1816, Lady Fawler estava decidida a marcar seu nome como uma das anfitriãs mais lembradas da temporada. Desde que se casou e teve seu bebê, ela havia passado de forma bem discreta. Porém, este ano era diferente, pois ela tinha uma missão: sua enteada Ruth.

Quando se casou com Milo, o conde de Fawler, ele era um viúvo com uma filha de 17 anos. E era também uns bons 17 anos mais velho do que a nova esposa. Milo estava agora com 49 anos, enquanto Lena tinha 32 anos. Estavam casados há cerca de 3 anos e tinham um bebê. Um dos motivos para ele se casar de novo foi precisar de um herdeiro. Ruth, sua filha única, não podia herdar seu título, e ele estava ficando velho. Demorou 5 anos até se interessar por alguém.

Ao menos, ele não se casou com a primeira que apareceu, pois gostava muito da primeira esposa. Sua morte foi um choque e, por um tempo, ter a companhia da filha foi suficiente. Ele era um homem difícil de lidar, mas Lena conseguiu encantá-lo. Ela também passou por um compromisso, mas seu noivo morreu na guerra. E assim que conheceu Ruth, Lena iniciou uma amizade com a jovem moça e se infiltrou em seus planos de debute como uma irmã mais velha.

Porém, Lady Fawler logo percebeu que não poderia agir como uma irmã para a enteada. Ela agora era sua família e, como madrasta e condessa, tinha de ajudá-la como sua mãe teria feito se estivesse viva. Além disso, Lena era moderna, tinha ideias mais ambiciosas e achou o grupo de amigos que sua enteada entrou muito interessante.

Eram todos jovens, um tanto rebeldes, falantes e até considerados arruaceiros para os padrões da sociedade. Era o grupo de Devon. Um escandaloso grupo misto, com lordes e damas, cheios de vida e já com a promessa de criar confusões. E Ruth estava bem no meio, estreitando laços com eles. Lady Fawler viu ali a oportunidade de ligar o útil ao agradável.

Começaria a fazer eventos para eles! Assim, sua enteada estaria cercada de bons partidos para escolher. Eles teriam um local para se divertir e atrairiam mais jovens da nobreza para os eventos de Lena, pois chegou a um ponto que a fama do grupo cresceu, todos queriam vê-los e criticá-los. Os mais velhos achavam um absurdo.

Para falar a verdade, esse envolvimento de Lena com todos aqueles rapazes bonitos e saudáveis estava deixando Lorde Fawler meio enciumado. Ele até concordou com um conhecido que disse que esses jovens estavam bem desenvolvidos demais, em termos físicos. Porém, o grupo de Devon era bem diverso, o que só confundia mais.

— Você soube do lanche diurno que ela ofereceu? Foi uma verdadeira confusão. As moças sem acompanhante, junto com aqueles rapazes sem-modos. Minha prima disse que estavam todos dançando na grama, pessoas caíram, derrubaram bolos... — dizia uma das damas, em um canto do Almack's.

— Não me diga! Mas como ela pode ter se envolvido nesse tipo de evento?

— Ela não se envolveu, ela os criou. E tudo por causa da enteada, afinal, é uma das moças que andam naquele grupo misto e bagunceiro.

— Mas eu soube que é cheio de herdeiros com bolsos gordos. Se já não herdaram o título, vão herdar. — A terceira mulher indicou com a cabeça.

As outras duas viram alguns jovens que já haviam sido identificados mais de uma vez no meio do tal grupo. Pelo jeito, ser um herdeiro rico desculpava muitas coisas. Infelizmente, não estendiam essa mesma cortesia às herdeiras.

— Então ela é esperta — comentou a segunda dama, agitando seu leque. — Pense bem. Ela é mais jovem, entrou no casamento com Fawler, já lhe deu um herdeiro e, se ainda conseguir casar a enteada, vai completar um feito.

— E vai se livrar da interferência dela — lembrou a primeira, mordaz.

— Eu soube que, na verdade, elas se dão bem. Do contrário, ela não estaria se dando a todo esse trabalho de fazer eventos duvidosos, para agradar a moça.

— Não seja ingênua, não é somente para agradar a filha do visconde.

Ela está se tornando uma referência para esse tipo de evento.

Elas voltaram a observar, enquanto mais "daqueles jovens" juntavam-se aos primeiros, no salão do Almack's. Para completar, eles ainda eram bem relacionados, afinal, todos conseguiram vouchers para o concorrido baile.

— Huntley está aqui, mas, pelo jeito, Greenwood fugiu de novo — comentou Lorde Keller, o mais brincalhão do malfalado grupo.

Lorde Deeds, muito mais famoso por seu apelido de Lorde Pança, se virou para olhar um dos amigos. Graham e Ethan eram melhores amigos de infância, então geralmente eram vistos juntos. Porém...

— Ah, eu duvido que ele venha aqui, só quando estiver necessitando de uma esposa — brincou Deeds, falando de Ethan, Lorde Greenwood, que ele também conheceu no colégio, mas com quem só criou uma amizade anos depois.

Aliás, Lorde Pança era outro que adorava uma festa, algo que contrastava um pouco com sua personalidade. Ele era simpático, porém, tímido. E dizia que não se envolvia em assuntos amorosos, pois só o faria quando fosse se casar. Ele gostava mesmo era da diversão da companhia constante e não se importava que alguns dos rapazes brincassem com sua falta de casos amorosos.

Ao longe, dava para ver outro de seus amigos em uma enrascada: Eric estava mais uma vez no meio de um grupo de mulheres.

— Pobre Bourne, acho que estão tentando fazê-lo confessar que necessita de uma esposa. — Keller balançou a cabeça como se precisasse sentir pelo enterro de um amigo, e o pior é que Deeds fez o mesmo.

Porém, logo depois, Keller viu alguém do seu interesse, pediu licença e, quando eles olharam, o viram abrindo seu sorriso para a Srta. Brannon. Ele não ia tirar nada dali; mais azeda do que ela, só a Srta. Gilbert.

— Não entendo o que ele vê nela — comentou Ruth, quando viu lorde Hendon deixar a pista com a Srta. Gilbert.

Claro que Lady Fawler, ativa em sua missão de casar a enteada, não deixaria de levá-la para o Almack's. Era uma surpresa que não tivessem retirado seu voucher depois daquelas festas "modernas" no jardim. Pelo jeito, as patronesses não achavam isso assim tão escandaloso.

— Não me diga que está interessada em lorde Sobrancelhas — Bertha sussurrou, achando o caso surpreendente.

Lorde Hendon — Sobrancelhas — não era má pessoa. Porém, seu gosto e bom senso eram discutíveis. Por algum motivo, ele quase não tinha sobrancelhas, algo que não era de acordo com a moda masculina, e resolveu seu problema com os implantes de pelo que homens usavam para disfarçar falta de cabelo ou barba. Muitas vezes, era cabelo de animal. A aposta é que o implante de sobrancelha dele era do seu próprio cabelo.

Ele sempre as tocava discretamente e apertava, para ter certeza de que estavam no lugar. Não deu para ignorar esse detalhe, e o nome foi óbvio.

— Não, nele não. É só que eu o acho agradável e um pouco tolo. Não combina com ela.

— Ah, Deus. Você está interessada nele. — Bertha cobriu a testa com os dedos enluvados.

— Nele não... — O olhar da Srta. Wright se desviou, e Lydia e Bertha quase quebraram o pescoço tentando ver para quem exatamente ela olhava.

— Lorde Huntley? Minha nossa! — exclamou Lydia.

— A senhorita escolhe bem... — Bertha deu um leve sorriso.

Do grupo que encontravam com frequência, Huntley era um dos mais bonitos e sabia valorizar o que tinha; não foi à toa que ganhou o apelido de Lorde Garboso. Era um daqueles rapazes que atraíam Lydia e Bertha. Ambas tinham atração por cavalheiros atléticos, ativos e masculinos. Sem grandes afetações. E com algum tipo de encanto, mesmo que particular, algo que nem todos enxergariam. Não que elas estivessem interessadas nele, apenas não eram cegas.

— Eu não escolhi nada, apenas... observo. — A Srta. Wright ficou sem jeito e desviou o olhar do seu objeto de interesse.

— Mande uma mensagem — disse Lydia, sempre pronta para iniciar uma diabrura.

— Aqui? — Ruth arregalou os olhos.

— Claro, por que não?

— Bem no meio do Almack's?

— Onde está sua ousadia? — instigou Bertha.

— A senhorita é bem-comportada demais para me dizer algo assim —

comentou Ruth, ciente de que Bertha era a que sempre as tirava de situações comprometedoras, especialmente Lydia, de quem era acompanhante.

— Eu tenho meus momentos. — Bertha sorriu.

Ruth sacou seu leque e o apertou com força, sem coragem de ousar.

— Ele nem está olhando para cá.

— Espere... — instruiu Lydia.

Elas mantiveram o olhar nele, e Huntley acabou indo em direção ao pequeno grupo que formavam. Foi quando — nervosamente — a Srta. Wright lhe mandou uma mensagem via leque.

— O que você mandou? — Bertha arregalou os olhos.

— Eu o convidei para dançar.

— Olha, eu sou péssima nessa linguagem de abre, fecha e vira leque, mas isso não parecia chamado para dança — avisou Lydia.

De fato, Lorde Huntley estacara a meio caminho, pendera a cabeça e franzira o cenho como se tivesse visto algo muito suspeito.

— Ah, meu Deus! Eu preciso consertar! — exclamou Ruth.

Ela mandou outra mensagem. Seu leque se movia tão rápido que as moças duvidavam que Huntley tivesse entendido. Mesmo assim, ele continuou seu caminho até elas.

— Senhoritas, é um prazer reencontrá-las.

Elas responderam com murmúrios rápidos, mais ocupadas em esperar uma reação.

— Srta. Wright. — Ele tornou a lançar aquele olhar desconfiado. — Acredito que deva...

— Convidá-la para dançar! — exclamou Bertha, sem conseguir conter sua natureza de consertar problemas.

— Sim, claro, imediatamente. Veja só, os pares estão se formando — completou Lydia, afobada.

— Claro, para dançar. A senhorita estaria disponível para... — continuou ele.

— Estou livre para o momento — respondeu Ruth, tentando esconder seu nervosismo e amaldiçoando a falta de sutileza das amigas.

Eles partiram para sua primeira dança, e Bertha ficou com um sorriso, mas virou-se para Lydia, com sua animação renovada.

— Pronto, agora precisamos lhe arranjar um par.

Lady Fawler viu sua enteada ir dançar com um dos rapazes do grupo, aliás, um jovem que mesmo de longe não deixava de causar boa impressão. Era cedo para conjecturar algo, mas aquele era o Almack's. Uma dança podia significar muita coisa. Lena só não sabia o quanto seus eventos modernos seriam importantes para reviravoltas na vida de Ruth e dos seus amigos.

CAPÍTULO 2

Algumas semanas depois

— Eu não acredito que só porque promovi um jantar de aniversário e me recusei a convidar determinadas pessoas desagradáveis, toda a história virou um grande drama — reclamou Janet, a Srta. Jones, enquanto descia da carruagem junto com Ruth.

Elas haviam acabado de se afastar da cidade, para o evento que, em breve, faria todos esquecerem completamente que algo aconteceu antes: a Caça ao Tesouro de Lady Fawler. Não havia maior receita para o desastre, ao menos assim diziam. Ela convidara vários jovens para irem ao Parque Richmond, logo nas primeiras horas da manhã, pois passariam horas por lá.

Para lhe fazer companhia, Lena levou alguns amigos "mais velhos", que atestariam o bom gosto e a adequação do evento, enquanto os jovens cavalheiros e damas espalhavam-se pelo parque para cavalgar, depois lanchar ao ar livre e dar início à caça ao tesouro.

Richmond era justamente o local perfeito para esse evento: fora de Londres, mas perto o suficiente para um dia de passeio. Todos caçariam urnas com tesouros dentro e, no final, quem tivesse mais delas seria o grande vencedor. Haveria prêmios do primeiro ao terceiro lugar. Mas era tudo simbólico, não era pelo valor monetário dos itens.

— Vamos aproveitar um pouco a manhã e comer nosso lanche antes das atividades do dia! — anunciou Lady Fawler.

Ruth se afastou das atenções da madrasta. Gostava dela e entendia que queria ajudá-la, porém, às vezes, ficava óbvio demais. Estava querendo ser mais como os outros, ou melhor, como suas novas amigas. Elas não pareciam intimidadas com nada. E seu pai não estava lá. Isso sim, Ruth podia agradecer muito à madrasta.

Especialmente depois que sua mãe morreu, seu pai ficou protetor demais. Mesmo quando completou 18 anos, Ruth não viu muitos eventos, pois, nessa época, seu irmão era recém-nascido. A verdade era que essa era sua segunda temporada em Londres, pois estava perto de chegar aos 20 anos. Mas só agora estava desfrutando de certa liberdade, graças a Lena, que tomou a missão para si e colocou seu pai de lado.

Ruth sequer se incomodava por ele não ter atendido pedidos seus que Lena agora repetia e ele aceitava. No fim, ela acabava beneficiada.

— A senhorita não trouxe seu leque hoje?

Ruth se virou e sentiu o calor da vergonha imediatamente. Lorde Huntley tinha se aproximado e estava com um sorriso após fazer seu gracejo. Será que o deslize da primeira dança deles um dia seria esquecido? Ela achou que o havia convidado para dançar, mas, na verdade, chamou-o para uma fuga!

— Eu o esqueci na carruagem.

— Gostaria que eu o buscasse?

— Não, o dia está agradável, aqui venta até demais.

— Uma pena, fugir sem um chapéu...

Ruth apertou as mãos e olhou para os lados, ajeitando a saia que o vento insistia em mover. Estava com um vestido de musselina verde-amarelada, sobre uma anágua de cambraia branca que cortava a leve transparência da saia. E agora pensava que talvez devesse ter escolhido um tecido mais encorpado. Tinha a impressão de que até seu decote estava se movendo e, para caçar, deixara seu manto de renda francesa para trás, pois ia atrapalhá-la.

— Eu achei que esse assunto fosse ficar enterrado — disse ela, como se alguém pudesse escutá-los.

— Não, acho que não — devolveu ele, negando também com a cabeça.

— Já nos vimos depois daquilo! — insistiu.

— Sim, mas quase me obrigou a cometer o horrível ato da chantagem.

— Não fiz tal coisa.

— Eu vou aceitar o seu pedido.

— Lorde Huntley... Isso foi um deslize.

— Tem espaço suficiente por aqui.

— Para fugir? — ela perguntou, arregalando os olhos, pois foi isso que o chamou para fazer através da mensagem do leque.

— Sim, vamos caçar, é uma boa fuga.

— Ah, claro... — Ruth soltou o ar, achando-se um pouco tola. — Claro, a caça ao tesouro.

— Sim, depois disso, juro que tentarei esquecer que a senhorita me chamou para fugir imediatamente, bem no meio do Almack's.

Ele saiu ainda com um sorriso, e Ruth pensou que a primeira vergonha que passava tinha de ser justo com ele. Ainda não se interessara por rapazes na temporada, até Huntley aparecer. Ela até já sabia que seu primeiro nome era Graham, pois ele lhe contara quando a levou para passear.

Ele nunca tocou no assunto diretamente, mas Huntley parecia ser o tipo que não desenvolvia intimidades rapidamente; pelo jeito, ele achava que os dois já estavam próximos o suficiente.

— Vamos, Ruth! Venha comer algo, temos de caçar! — chamou Eloisa, a Srta. Durant, quando passou rapidamente por ela.

Para terem tempo de caçar, o lanche foi comido com entusiasmo e muitas conversas paralelas. Mas, pelo jeito, todos iam implicar uns com os outros por todo o jogo. Ruth adorava aquele grupo, sempre se divertia com eles. Era a primeira vez que tinha amigos e se envolveu logo com os jovens rebeldes de Devon.

— Eu não sou muito bom em corridas pelo campo — comentou Glenfall, que não ganhou o apelido de Lorde Vela à toa. Ele precisava passar um tempo no sol urgentemente.

— Azar o seu, companheiro. Coloque essas pernas para se exercitarem! — incitou Lorde Greenwood, com um grande sorriso. Só de olhar para ele era óbvio que gastava seu tempo em esportes ao ar livre.

— Ah, Deus, se minha mãe me vir correndo, ficarei uma semana sem doces! — Riu a Srta. Jones, porém, estava apenas parada entre os outros e segurando seu vestido com as pontinhas dos dedos.

A moda no momento ditava vestidos com as barras acima dos sapatos e até nos tornozelos, o que permitia mais movimento. As moças mais espertas, como Lydia e Bertha, foram com botinas elegantes. Outras, menos dadas a comportamento ativo na grama, estavam com suas sapatilhas. E logo perceberiam que não foi uma boa escolha.

— Eu deduzo que tombos acontecerão — comentou Lydia.

— E isso é exatamente o que a senhorita quer — disse Keller. — Ver a bancarrota dos adversários.

— Sempre! — concordou Lorde Bourne.

— Vocês estão cansados antes de começar? Nunca participaram de uma verdadeira caça ao tesouro por uma propriedade inteira? — perguntou Greenwood.

— Isso sim é uma aventura! — concordou Lorde Huntley. — Pode durar dias! Depende de quão travesso é o anfitrião.

— Eu já cacei por uma propriedade inteira. Preparem-se! — desafiou a Srta. Durant, que devia se dar tão bem com Lydia porque só fingia que tinha modos, mas ainda tinha o espírito de uma garota levada do campo. Seu apelido não era Srta. Sem-Modos à toda.

— Vou deixá-los para trás, cavalheiros — anunciou Lydia, parando ao lado da Srta. Durant. Ela olhou para seu lado direito, esperando ver Bertha, sua comparsa, mas ela estava mais atrás. — Venha aqui, não irá fugir de se comportar mal!

— Sim, Srta. Gale! Não finja que é a dama mais comportada desse evento — provocou Eric.

— Até a Srta. Graciosa terá de suar hoje — brincou Keller, com o novo apelido que tinham designado para Bertha, apesar de seus protestos.

Em meio a risadas, eles se posicionaram na base do parque, onde havia acontecido o lanche há pouco tempo. Lady Fawler segurava uma pistola, e o mordomo estava ao seu lado, certificando-se de que ela não fizesse nada errado com a arma.

Mal havia começado e falariam tão mal de todos se os convidados voltassem e resolvessem contar os detalhes. Era revoltante para alguns como aquele grupo era popular e estava na linha tênue entre o adequado e o divertido, sem nenhuma reputação arruinada. Porém, com acontecimentos tão inadequados em seu histórico.

— Preparar! — gritou Lady Fawler. — Em suas marcas!

Ela ia dizer algo mais, porém apertou o gatilho com a arma para cima e, assim que disparou, tropeçou para trás, direto nos braços do mordomo que já esperava.

Todos saíram correndo. Os rapazes rindo à frente, chamando os retardatários e implicando uns com os outros.

— Vamos, Deeds, vamos! — Keller empurrava Lorde Pança, que se esforçava para dar velocidade em suas pernas.

— Ruth, não se perca! Por favor, não caia! — gritou Lena, ainda sendo amparada pelo mordomo e chocada ao ver sua enteada sair em disparada em meio aos outros. E ela estava de botas! O que estava acontecendo com ela?

Era permitido formar duplas, mas, para o benefício de apenas um, pois ambos não podiam entrar no ranking dos buscadores na mesma colocação. Assim, permitia-se a participação daqueles que não iam caçar com afinco, mas, se encontrassem uma urna, poderiam colocar na numeração de um amigo.

— Ora essa, Latham! Esse bigode pesa tanto assim? — brincou Lorde Hendon, indo à frente dele.

Lydia bem que tentou ser uma dama e sequer se colocou entre os rapazes, assim ninguém poderia dizer que a viu correndo no meio homens, mas ela passou na frente de vários deles, fazendo seu próprio caminho. Lorde Vela e Lorde Apito ficaram para trás. Ruth nem tentou alcançá-la, só via seu cabelo dourado se distanciando cada vez mais, porém, também ultrapassou alguns.

— Cuidado com as galhadas, Sprout! — um dos rapazes brincou, quando o Sr. Querido deu de cara com um cervo e estacou.

O parque era originalmente para caça de cervos pelo rei, então eles teriam de dividir o espaço em alguns momentos. Logo, os caçadores de tesouro foram se espalhando mais e se afastando. Alguns começaram a aparecer com urnas embaixo dos braços e, quando ficava difícil carregar, voltavam e deixavam sua pilha à frente das damas mais velhas que acompanhavam Lady Fawler. Ela escrevia o nome de cada um e colocava sob sua pilha de urnas.

A questão não era a velocidade. Richmond era feito para longas caminhadas — eram dois mil e quinhentos acres de muita vegetação, colinas, lagoas e extensos gramados entrecortados por caminhos de terra, com grandes arbustos floridos e carvalhos centenários se amontoando. Havia várias plantações cercadas para os cervos não as comerem. Lindos jardins, cobertos de flores. Havia camélias, azaleias, magnólias e rododendros enfeitando os jardins e os caminhos.

Na primavera, o campo azul de jacintos era algo a ser visto. Era perfeito para sentar, ouvir o zumbido dos insetos, o canto dos inúmeros pássaros que moravam ali e deixar o ambiente atenuar o espírito e encher os olhos de beleza. E, além de caçar, era justamente o que os convidados estavam aproveitando, enquanto encontravam urnas embaixo de arbustos e escondidas em raízes altas.

Lady Fawler dissera a seus lacaios, cavalariços e arrumadeiras para não serem muito inventivos nos esconderijos, pois a caçada deveria durar poucas horas.

— Eu trouxe algumas oferendas pagãs, vamos deixá-las para não precisar fugir com peso — disse Huntley.

Ruth o viu se aproximar já com três urnas nos braços, mas só estavam caçando há uns 15 minutos. Como ele achou-as tão rápido, e ela ainda não achara nenhuma? Achou isso um desaforo tão grande.

— Eu pensei que seríamos uma dupla — disparou ela, a contragosto. Afinal, não foi ele que a convidou?

— Sim, essa é minha contribuição inicial. Sempre penso que é preciso dar uma amostra de capacidade para ser aceito.

Ela cruzou os braços. Como foi acabar toda caidinha por Huntley? Ela nem era dessas moças que só viam beleza. Bem... seria mentira dizer que não reparou, afinal, qual dama conseguiria não ver um homem como Graham? Seu apelido era fiel à realidade! Lorde Garboso não era uma brincadeira, só precisava olhar para ele uma vez. Antes de ele abrir a boca e adicionar sua personalidade ao pacote.

Ele não tinha como seguir a moda dos penteados masculinos, pois seu cabelo era liso e geralmente havia uma mecha caindo sobre a lateral da testa. Naquele início de tarde, com todo o vento e a atividade física, as mechas castanhas caíam dos dois lados, misturando um visual casual e esportivo com algo irresistível.

Ruth nunca vira Graham em seu elemento, mas ele já lhe dera informações básicas. Gostava de sua casa no campo, vivia lá sozinho e envolvia-se muito com as atividades da propriedade. Apreciava se divertir por lá com seus amigos. Olhando-o agora, ela podia ver isso em seu corpo forte e ágil.

— Não achei nada ainda — respondeu ela.

— Provavelmente porque está presa pelo receio — falou ele, em tom de sugestão.

— Não... Talvez.

— Vamos lhe encontrar uma urna.

Ele recuperou o que havia trazido e indicou o caminho. Chegaram até uma árvore cheia de galhos baixos, e Graham parou embaixo e olhou para cima. Ruth ficou olhando também, imaginando se estava passando pela cabeça dele que um dos lacaios havia...

— Ali! — exclamou ele, apontando para algo claro, no galho mais baixo. A urna estava apoiada no tronco, parcialmente escondida pelo galho.

— Não é possível! Minha madrasta disse para não esconderem em locais muito difíceis.

— Mas esse é fácil, dá para ver daqui.

— Quem vai pegar isso?

— Você.

Ruth foi se virando lentamente, como se o que ele tivesse dito fosse subitamente sumir no ar.

— Não está esperando que eu...

— É uma caça ao tesouro, Ruth! Coragem! — instigou ele.

Não lhe passou despercebido que ele usou seu nome, mas, ao mesmo tempo que ficou registrado, ali no parque ninguém ia se importar.

— Você não quer ser a última na colocação, quer?

— Claro que não!

Ruth analisou a árvore. Recusava-se a voltar de mãos abanando, estava em uma missão para ser mais ousada, se aventurar um pouco. Não queria mais ser a garota boba e protegida do papai. Achava as outras moças do grupo bem mais engajadas, mesmo que tenha ganhado o apelido de Srta. Festeira. A única coisa que ela fazia era comparecer a muitos eventos, pois era seu jeito de conseguir sair de casa, e estava sempre acompanhada.

Parte do seu apelido foi graças à sua madrasta. Só que Ruth gostava mesmo de socializar. Talvez, tenha tomado muito gosto pelos eventos, como uma contrapartida ao tempo que seu pai não a deixava ir ou ia junto, o que, na sua opinião, era pior. Então, agora adorava uma festa, mesmo que não fizesse nada demais lá.

— Eu lhe ajudo — ofereceu Graham.

— Não! — Ruth soltou um gritinho quando ele se abaixou um pouco.

Ele ficou de pé, com um sorriso maroto estampando a face.

— Madame, eu lhe asseguro que não pretendo olhar por baixo de suas saias. Se me permite esclarecer, eu só gosto de ver o que tem por baixo do vestido de uma dama quando ela resolve me conceder a visão. Torna as coisas muito mais excitantes.

— Seu canalha!

— É a mais pura verdade. — Ele abriu as mãos e as entrelaçou com as palmas para cima. — Agora, faça a gentileza de colocar essa sua pequena bota aqui. Só preciso elevá-la um pouco, o galho é baixo, não verei nem as suas anáguas.

Ruth ainda estava com as bochechas vermelhas, mas olhou para as mãos dele e a forma como ele dobrara o joelho para sustentá-la.

— Se quer saber, eu não sou nenhuma jovem pudica e nervosa que dá gritos quando chega perto de um homem.

— É bom saber. Quando passeamos no parque e eu a coloquei no cabriolé, a senhorita pareceu um tanto chocada.

Ruth nem queria falar sobre esse assunto. Ele havia literalmente a colocado em cima do veículo. Ela sentiu o aperto de suas mãos na cintura; nenhum homem jamais a havia tocado ali e daquela forma. Foi muito... surpreendente. Ruth jamais iria revelar que ficou pensando na sensação das mãos dele.

— Eu vou pegar essa urna! — decidiu ela, mas teve de levantar bem o joelho para as mãos dele e soltou um som de alarme quando ele a elevou rapidamente. — Eu vou cair!

— Não vou deixar, mas precisa parar de se mexer tanto.

— Huntley! — Ela apoiou as mãos no tronco. — Isso é alto demais!

Ele riu, pois realmente não era. Os pés dela estavam na altura da cintura dele, o que deixava o rosto dele perto do seu ventre. Mesmo que Graham fosse alto, não era tanto assim para ela estar em pânico. Mas Ruth nunca fizera nada parecido com isso, nem sonhava em subir em uma árvore.

— Estique o braço e pegue a urna. Está agarrada ao tronco como se fosse levá-lo para casa. — Ele riu.

— Pare de rir! — gritou ela, ainda agarrada ao tronco.

— Pare de me fazer rir!

— Isso não é coisa de um cavalheiro decente!

— Eu discordo. Estou apenas ajudando.

Ruth esticou o braço e tocou a urna, mas Graham se moveu, e ela gritou, abraçando-se novamente ao tronco, porém, este era grosso demais. Assim ela ficava agarrada somente a um lado da árvore, o que só tornava a visão mais engraçada.

— Tenho certeza de que a senhorita não quer ser avistada nesses termos — lembrou ele, olhando para cima.

— Não!

— E temo informar que dá para vê-la facilmente se alguém estiver olhando para cima de pelo menos três lados do parque.

— Meu pai não pode saber disso! — gritou ela, com suas prioridades trocadas, mas pensava logo no problema de seu pai estragar suas liberdades.

Ruth agarrou a urna e, quando a tinha segura, Huntley fez algo impensável: segurou em suas pernas. Mesmo sobre a saia do vestido e com as meias por baixo, Ruth sentiu o aperto. Arregalou os olhos, mas subitamente parecia que estava caindo de um precipício. Ele a empurrou no ar, soltou, e ela gritou e cerrou os olhos. No segundo seguinte, estava no colo dele. E agarrada à urna.

— Viu? Totalmente indolor — disse ele.

— O que você fez? Seu desmiolado! Depravado!

Ele ria enquanto tirava o braço de baixo de suas pernas e a devolvia ao chão delicadamente.

— Depravado é um adjetivo um tanto avançado para nossa relação, Srta. Wright. Ainda não chegamos nessa parte.

Ela ficou olhando-o, enquanto continuava abraçada à urna.

— Parabéns! Tem sua primeira urna, vamos registrá-la.

— Eu não sabia que o senhor era assim — respondeu ela, andando lentamente, como se estivesse se recuperando do choque.

— Depravado? — indagou ele, com um indiscutível tom de troça.

— Admito que essa não foi a palavra correta. Eu estava procurando algo mais... aventureiro. Não... sem-modos. Também não.

— Divertido? — sugeriu ele, seguindo ao seu lado.

A intromissão dele mudou o rumo dos pensamentos dela, e Ruth diminuiu o passo, com a mente trabalhando. É, talvez ele estivesse certo. Havia sido... divertido. Eles saíram ilesos, não foi? E ela havia acabado de pegar uma urna e teria algo para contar. Às vezes, suas amigas contavam coisas que fizeram, e Ruth não tinha histórias, então contava da última festa que foi. Este era mais um motivo para o seu apelido.

— Bem, acho que estava criando uma ideia errada sobre o senhor.

— Não me diga que eu estava saindo como entediante.

— De forma alguma.

Na verdade, sempre que o encontrava, algo a surpreendia. Dessa vez, não estava falando do seu cabelo fluido que sempre precisava ser consertado. Ou da beleza do corte do seu rosto e nem da sua altura e porte. Não era nada disso. Mas aquelas calças ficavam muito bem no seu corpo, ele tinha o que exibir. Não, esse não era o assunto.

Ruth o achou bem sério no início, não via muitos sorrisos naquele rosto bonito. Porém, viu que ele ficava mais solto em meio ao grupo. Ele não chegava a parecer carrancudo como seu melhor amigo, mas agora Ruth já achava que o problema de Greenwood era sua expressão decidida e as sobrancelhas escuras que lhe davam um ar marcante. Já Huntley, tinha um visual mais harmônico e elegante. No entanto, podia ser sério do mesmo jeito. Então a leveza com que vinha lhe tratando a surpreendeu.

— Não tive a oportunidade de dizer antes, mas a cor do seu cabelo é muito bonita — comentou ele.

Ela foi pega de surpresa pela mudança de tópico e soltou o que lhe veio à mente.

— Parece a cor do cabelo da minha mãe... minha falecida mãe.

— Devia ser muito bonita.

— Era mais claro, o cabelo escuro do meu pai deve ter contado em algo. Eu lembro bem, tinha 12 anos quando ela nos deixou.

— Sinto muito.

Ruth permaneceu olhando-o e percebeu que, desde aquele dia no baile, eles já haviam se encontrado algumas vezes. Ele era o primeiro homem de quem ela se aproximava tanto, pois estava criando amizades com os outros do grupo. Mas não tinha passeios apenas na companhia de um deles, estavam sempre em três ou mais pessoas. E mesmo nesses encontros, de tudo que andou falando, geralmente assuntos mais leves, ele não falou muito da família.

— Já faz tempo, guardei boas memórias dela e o carinho que tinha por mim — continuou ela, vendo se ele mordia a isca do assunto.

Graham pareceu notar o interesse, mas continuou andando ao seu lado.

— Eu passei mais tempo com minha mãe após a morte do meu pai. Acho que ela se recuperou bem nesse período.

Ele não se estendeu para explicar essa alegação, mas Ruth ficou em dúvida.

— Sua mãe ainda mora com você? Escutei Deeds comentando que você não mora muito longe dele.

— Não muito. De todos nós, os mais próximos da minha casa são Greenwood, Bourne e Deeds. Minha mãe preferiu outra moradia.

Ele também não explicou nada disso, e Ruth desviou dentro do assunto.

— Eu moro no que poderia ser o caminho para Red Leaves, a vila mais perto da propriedade dos Preston. Não dividimos fronteiras, mas a estrada que leva à minha casa pode levar à deles. Não é necessário um desvio grande.

— Eu sei. Já viajei por essa estrada algumas vezes.

— Mesmo?

— Sim, para ir da minha casa até a sua, o caminho mais curto é pela estrada que leva à casa de Bourne. Há outro caminho, próximo à casa da Srta. Jones, porém a estrada precisa ser melhorada. E há sempre atalhos.

— Bem, poderemos nos visitar.

Um leve sorriso apareceu no rosto dele antes de dizer:

— Para onde estamos indo agora, creio que sua madrasta estará lá com as amigas que trouxe.

— Sim, ela está controlando a contagem!

— Se me permite.

Ruth só descobriu o que precisava permitir quando era tarde demais, pois ele esticou o braço, e ela mal sentiu o toque antes que ele colocasse uma grossa mecha de cabelo avermelhado sobre o ombro dela.

— Meu penteado! — exclamou, estacando. — Foi por isso que falou do meu cabelo!

— Não, eu falei dele porque é lindo e a cor é muito particular sob a luz do dia. Mas acho que não quer chegar lá na contagem com o penteado desfeito.

Ruth lhe entregou a urna e se ocupou em prender novamente a parte de trás do penteado. Tateou, procurando seus grampos, e prendeu-os apressadamente. Graham permaneceu observando-a, enquanto ela ficava muito concentrada em consertar o que pensava ser um grande estrago. Ele só falou para livrá-la dos olhares das senhoras que estariam esperando.

— Está preso?

— Sim.

— Está bom? — Ela virou de costas.

— Como seria bom?

— Alguém vai reparar?

— Creio que não.

Ruth se virou novamente e recuperou sua urna.

— Não sabe julgar um bom penteado?

— Eu deveria saber?

— Bem... não exatamente, mas... esqueça! Seu cabelo está caindo na testa de novo.

Ele só pendeu a cabeça e sorriu, como se isso não fizesse diferença.

Mas agora sabia que ela notava essa particularidade sua. Quando deixaram as urnas, Lady Fawler veio investigar o que a enteada esteve fazendo.

— Você encontrou uma! — disse, animada. — Parabéns, querida! Onde estava essa?

— Nas raízes de uma árvore — mentiu e olhou Lorde Huntley, para ele não ousar desmenti-la.

Como se ele fosse alardear que a esteve segurando no alto e com as saias dela roçando seu rosto.

— Lorde Huntley, se pegar mais algumas, tenho certeza de que pode ficar entre os mais bem colocados.

— Eu me esforçarei, madame. Estou em uma caçada dupla com a Srta. Wright.

— É mesmo, querida? — Lena se virou para ela, curiosa.

— Sim, vamos caçar! — Ruth se virou e foi se afastando, antes que tivesse de dizer qualquer coisa à madrasta.

Ela já ia longe o suficiente para entrar entre as árvores quando Lena a chamou:

— Você deixou o chapéu! Eu queria encontrá-la para entregar! Volte! — pediu Lena.

— Entregarei a ela, milady. — Huntley pegou o chapéu e também se afastou.

CAPÍTULO 3

Já havia passado mais de 2 horas de caçada, e eles viram vários participantes voltando com urnas. Ruth pegou outro caminho e foi sozinha para perto da lagoa. Tinha de admitir que estava um tanto encantada por Huntley. Queria culpar a beleza dele, mas, no grupo, havia outros rapazes bonitos. E mesmo assim, o interesse dela foi cativado somente por ele.

Ruth não era tão impressionável assim, já teria perdido ao menos parte do interesse se fosse só aparência. Mas então ele a levou para passear, e outro dia a encontrou para comer bolos junto com Janet e Lorde Pança. E, na semana seguinte, comeram doces no Hyde Park. Depois, houve aquele episódio em que ele a pegou pela cintura duas vezes para tirá-la do cabriolé, deixando-a muito encabulada, mas interessada. E todos os momentos que passaram juntos com os outros do grupo, sempre arranjando uma oportunidade para conversar um pouco.

Pensando bem, era ele que aparecia para conversar. Para falar a verdade, Ruth estava feliz com isso. Quem não estaria? Finalmente podia aproveitar momentos de liberdade na cidade e divertia-se muito com seus novos amigos. Tinha certeza de que conseguira amigas de verdade, com quem poderia contar, e vivia sua primeira paixonite. Já lera tantos poemas e livros sobre o despertar do amor, mas nunca sentira nada parecido. Até agora, tinha certeza de que era um sentimento novo que brotava em seu coração.

Para alegrá-la mais, Ruth encontrou outra urna na beira da lagoa, escondida embaixo de um bando de folhas. Quando tornou a encontrar Huntley, a tarde já mudara de cor, mostrando que o tempo estava fechando. Ele carregava cinco urnas que enchiam um chapéu.

— Srta. Wright, tenho algo para lhe dar.

Ele colocou as urnas sobre a grama, virou o chapéu e bateu nele, limpando qualquer poeira, depois o ofereceu a ela.

— Lady Fawler o enviou.

— Desde aquela hora?

— Tive de dizer a ela que havíamos nos separado, não queria expor que a senhorita fugiu da minha companhia.

— Não fugi de nada!

— Então, continuei com ele.

Ruth aceitou o chapéu, mas não o colocou.

— Agora o sol está fraco.

— Ele não durará muito contra essas nuvens. Mas ainda podemos caçar!

— O senhor está com cinco urnas! Não seja guloso!

Graham riu da acusação dela.

— Como não tem nada para comer dentro dessas urnas, eu me considero apenas ambicioso. Levamos a caça ao tesouro muito a sério em nosso grupo.

— Eu tenho outra. — Ela mostrou sua conquista.

— Vamos lhe encontrar mais uma — convidou ele.

Ruth achou curioso que ele fosse ambicioso, mas ia lhe ceder outra urna que encontrasse; isso faria diferença na contagem final. Os dois encontraram mais uma e, depois de puxá-la de baixo de galhos finos, Ruth permaneceu sentada.

— Acho que não adianta mais tentar poupar o meu vestido.

Graham foi até lá e a levantou, segurando-a pela mão e pelo antebraço.

— A senhorita se divertiu?

— Bastante! — exclamou ela. — Foi excitante! Eu andei sozinha pelo parque, algo que nunca fiz. E agora não serei a última na colocação. E ainda descobri que o senhor é uma ótima companhia de aventuras. Até subi em uma árvore.

— Você não subiu em uma árvore, Ruth. — Abriu um sorriso.

— Estive abraçada a um tronco.

— Sem dúvida. Ainda há tempo de subir lá.

— Não! — reagiu ela, entre divertimento e ultraje.

Graham riu mais.

— E descobri que o senhor ri mais do que parece.

— Gosto de saber que se divertiu e que isso se tornou mais importante do que o vestido. — Ele passou a mão por cima do ombro dela e com dois dedos tornou a capturar uma grossa mecha avermelhada. — E o penteado.

— Eu acho que perdi dois grampos — contou, quando viu novamente seu cabelo cobrindo a lateral do colo.

— Ou talvez seu cabelo seja tão sedoso que precise de mais grampos — comentou ele, deixando que os dedos fossem até o final do cabelo dela, que era comprido o suficiente para passar por cima do seio e ainda descer alguns centímetros.

Ruth permaneceu olhando-o, não ousou olhar para baixo, mas, se não sentia o toque dele, então podia continuar sem se preocupar.

— O senhor não sabe nada sobre penteados.

— Não, mas entendo o que consigo tocar.

Dessa vez, ela ficou observando-o de perto e não tinha como se defender, pois estava sim o admirando. Seus olhos castanhos pareciam um degradê, ao menos sob aquela iluminação, a íris parecia ser mais escura em cima. Devia ser só um efeito na mistura de cores, mas era hipnotizante. Nunca havia reparado isso nele embaixo da iluminação das velas.

— Pode ser tolo o que direi, mas o senhor gosta muito de tocar nas coisas.

Graham abriu um grande sorriso. Seus lábios não eram tão cheios, mas sua boca era larga e tão bem desenhada que não poderia ficar bem em mais ninguém além dele, e combinava com todo o rosto. Ainda mais quando ele ria, e seus olhos se espremiam, como naquele momento.

— Sim, admito, gosto muito de tocar em determinadas coisas.

— Como o meu cabelo. Já é a segunda vez.

— Se a senhorita resolver contar quantas vezes a toco, tenho certeza de que ficará escandalizada no final.

Isso fez Ruth pensar, e o divertiu. E sim, só nesse dia ele já a havia tocado tantas vezes que ela seria incapaz de lembrar e contar. Foram desde toques sutis nas suas mãos, aos seus antebraços, cabelo e até escandalosos toques nas suas pernas e em partes do seu corpo. Como o momento em que ele a segurou no colo.

— Mas você é impossível, Huntley! Eu não havia percebido isso!

Ruth nem conseguiu ficar irritada, por causa da deliciosa gargalhada que ele deu.

— Eu acho que sou respeitável demais para ser intrusivo, mas realmente gosto muito de tocar coisas que me encantam.

— Já estará correto se eu o chamar de depravado?

— Correto eu não creio, a senhorita está com todos os itens no lugar e mal toquei sua pele.

— Mas, e as minhas meias? — acusou.

— Eu as conheci, mas não as toquei.

— Depravado... — murmurou ela.

— Espere um pouco mais. Eu admitiria algo até o inapropriado.

— Então o senhor admite.

— Meus pecados? — perguntou ele, com humor. — Sim. Talvez eu olhe mais vezes do que deveria para meu objeto de admiração. E é provável que tenha tendência a usar demais as mãos.

— Eu não tenho muita experiência nesses seus pecados.

— Você flerta com uma delicadeza encantadora, Ruth.

— Não estou flertando agora.

— Agora não?

— Parece que estou?

— É você quem teria de decidir isso.

— Pois não estou. Estou interessada no senhor.

— Agora é um flerte? — Ele levantou a sobrancelha direita. Ruth nem parecia ter notado sua frase ambígua.

— Não. Seus pecados, explique sobre eles. Seria eu uma vítima deles?

— Vítima é uma palavra que não lhe cabe. Mas eu gosto da sua curiosidade.

— Minha madrasta me disse que ser curiosa demais pode gerar sinais dúbios. É melhor ser sutil.

— Então é assim que pretende ser sutil?

— Está dizendo que não domino a arte da sutileza? Acabou de dizer que gosta da minha delicadeza.

— Ao flertar. Mas a senhorita disse que não flerta.

— Disse que não o estava fazendo agora — corrigiu ela.

— Não, pois estava interessada no assunto.

— É algo educativo para mim.

— Então me permite ser depravado?

— Huntley, não seja... depravado!

Ele riu, e ela deu um passo para trás.

— Está rindo de mim! Pois saiba que sou moderadamente curiosa, mas não sou boba e nem tão ingênua quanto devo parecer!

— Não acho nada disso, é você que tem essa ideia.

— Eu não pareço nada disso?

Ele se divertia enquanto balançava a cabeça. Pelo tempo que passou com ela, entendeu várias coisas ao seu respeito e pensava que Ruth podia se preocupar menos. Ela estava se dando muito bem com os outros. Começou no tempo certo e saiu da superproteção do pai em uma ótima época, assim pôde conhecer os amigos que tinha agora. E estes, especialmente Graham, não se importavam com aparências ou com o fato de ela passar por tantas novidades. Todos eles estavam passando por isso, cada um ao seu jeito.

— Você ainda está rindo — apontou ela. — Nunca o vi sorrir tanto.

Graham lhe deu a mão, e Ruth aceitou, observando que estavam novamente se tocando. Ele desceu o olhar para a boca dela, pensando que realmente olhava demais, pois já sabia como aqueles lábios pareciam adoráveis, e Ruth os deixava entreabertos sempre que estava perdida em pensamentos. Era tentador demais.

— Você parece encantadora para mim.

Graham a surpreendeu novamente, ao se inclinar e depositar um beijo leve sobre sua boca. Assim que ele se afastou, Ruth abriu os olhos e o encarou.

— O senhor...

— Eu sei, andei pecando outra vez. Mas que problema irremediável, terei de procurar um médico.

Porém, Ruth permanecia apenas olhando-o, recuperando-se do choque.

— Quando os céus cairão sobre minha cabeça? — indagou ela.

— Creio que em momento algum. Talvez algumas gotas de chuva, muito em breve.

— Sabe o que fez?

O olhar dele estava novamente nos lábios dela; aquele beijo foi rápido demais.

— Pequei. Sem arrependimento algum.

— Roubou meu primeiro beijo!

— Então permita-me devolver o meu roubo.

Graham a beijou novamente, demorando-se um pouco mais. Moveu os lábios sobre os dela em uma devolução caprichada que deixou Ruth muito mais surpresa.

— Está bom para a senhorita? Acho que devo pagar meu pecado em dobro.

— Talvez devesse, para se retratar — sussurrou ela, entretida demais por aquele momento.

— Como quiser.

Ele chegou mais perto, eliminando a necessidade de se inclinar para perto e substituindo pelo ato de abaixar a cabeça. Assim, Ruth também levantou o rosto e suas bocas se encontraram. Ele deu beijos gentis sobre a boca dela, como se quisesse beijar cada cantinho. Então a segurou pela cintura e pressionou em um beijo lento, mais demorado, fazendo-a sentir que participava e não que apenas acompanhava.

Ruth também o tocou, segurou em seus braços, perdendo-se no toque dos lábios dele, seguindo-o e devolvendo o carinho que recebia. Sentiu que ele a abraçou e gostou da sensação quente do corpo dele amparando o seu. Graham a beijou com mais intento, mas ponderava com a doçura que ela merecia em sua primeira vez sendo acariciada dessa forma.

Esperava que ela também se lembrasse desse dia com ternura sempre que estivessem separados e desejasse se aproximar para repetir quando estivessem juntos. Graham nem sentia o quanto os sentimentos que queria dar a ela estavam se aprofundando nele naquele momento, descendo como raízes em solo fértil.

Infelizmente para eles e para o momento amoroso que estavam construindo naquele cantinho do parque, foi assim que os encontraram. Lady Fawler não conseguiu se conter e saiu à procura da enteada, e ficou chocada ao encontrá-la nos braços de Lorde Huntley. Sequer imaginava que Ruth já estava se relacionando de forma tão próxima com algum rapaz em especial.

Mas devia ser muito especial mesmo, pois ela estava perdida nos braços dele. E, para pavor da dama, Lorde Deeds e Janet também haviam acabado de encontrá-los. Os dois estavam pretendendo dar meia-volta disfarçadamente e fingir que nada viram, não fosse pelo descontrole emocional da viscondessa alertar a presença dos três intrusos.

— Ruth! Como isso foi acontecer? — exclamou Lena.

Levou alguns segundos até Ruth se soltar e entender que havia acabado de causar um ataque de nervos na madrasta, que não parava de repetir seu desespero. Já parecia estar rezando. Lena tinha um pavor absoluto de estragar as coisas para Ruth, pois isso deixaria seu marido não só irritado, como também extremamente decepcionado. E causaria muitos problemas para ambas.

Esse pavor foi o que se registrou na face de Ruth. Seu pai ia saber, sua liberdade acabaria, e quanto a Lorde Huntley? Os dois estavam arruinados! Ela, por sua reputação, e ele, por ter de assumir um compromisso. Logo depois, enquanto o choque ainda se registrava, mais duas pessoas chegaram. Bertha vinha rapidamente com Lorde Bourne em seu encalço e eles estacaram ao entrar repentinamente naquela reunião.

— Por favor, não diga a ninguém! — pediu a Srta. Wright.

— Isso não poderia ter acontecido, Ruth! — lamentou Lady Fawler, claramente desesperada.

— Milady, eu tomo toda a responsabilidade, foi culpa minha — disse Lorde Huntley, dando um passo à frente.

— Não! Não foi! — Ruth passou à frente, implorando-lhe com o olhar.

— Ainda bem que está assumindo a culpa por isso, rapaz. Pois é assim que vai assumir a responsabilidade — definiu Lady Fawler.

Lorde Pança estava bem ali no meio, completamente perdido e sem ação. Olhava de uma pessoa para outra, sem saber o que fazer. E a Srta. Jones, nervosa, deu um passo em direção a Ruth, certamente tentando acalmá-la.

— Viu? Agora mais pessoas sabem. — Lady Fawler indicou Bertha e Eric, que haviam acabado de entrar na cena. — Nós temos que resolver isso!

— Não, não vou me casar assim! Não vou obrigá-lo a ficar comigo — teimou Ruth.

— Isso não é questão de... — começou lady Fawler.

— Se falarmos baixo, talvez menos pessoas venham ver o que aconteceu — sugeriu Bertha, sem conseguir se conter ao ver a perturbação da amiga e a histeria da viscondessa.

— Você está tão desesperada para me casar e se livrar do fardo que vai fazer isso de bom grado! — acusou Ruth, com os olhos cheios de lágrimas.

— Não, querida, por favor. Eu tenho de zelar por você, e se deixar essa situação... — Lady Fawler se aproximou e finalmente conseguiu falar baixo. — Estamos num lugar público, um parque deste tamanho. Querida, eu não preciso usar palavras baixas para que entenda o que todos acreditarão que esteve fazendo aqui.

A Srta. Jones até cobriu os olhos com a mão. O terror da vida de uma jovem estava acontecendo. Ainda mais de uma debutante promissora, com tanto para fazer e para escolher.

— Não, não faça isso. Ele me odiará, e eu o odiarei — pediu Ruth, afastando-se da madrasta.

Ela acabou voltando para junto de Huntley, que a amparou. Ele assumiria qualquer responsabilidade, porém, não podia dizer com sinceridade que estava pronto para assumir o casamento. Estava justamente descobrindo, flertando e passando um tempo com Ruth. E foi a primeira vez que acabaram se beijando e deu tudo errado.

Foi quando Bertha lembrou que ela e Lydia haviam incentivado a Srta. Wright a convidá-lo para dançar, pois estava interessada nele. Pelo jeito, daquele dia até o momento, a relação evoluíra mais do que o esperado.

— Eu prometo que não a odiarei — ele lhe disse, tentando acalmá-la.

Eric olhou em volta. Além do casal e de Lady Fawler, estavam Deeds, a Srta. Jones e Bertha. Dando alguns passos, ele se certificou disso, porém, outros convidados da caça ao tesouro já estavam se aproximando.

— Terminem isso agora, ninguém aqui vai dizer uma palavra. — Ele olhou para todos os presentes.

— Eu juro pela minha honra — falou Deeds.

— Eu sequer estava presente — assegurou a Srta. Jones.

— Eu nunca diria uma palavra — prometeu Bertha.

— Nem eu — completou Eric.

A Srta. Wright virou-se, olhando para todos, sem saber se chorava de emoção, gratidão ou por ainda estar presa naquela situação.

— Meu Deus, Ruth. Se isso se espalhar, nem sei o que direi ao seu pai. Ele me odiará por deixar que a arruínem. Eu não quero vê-la triste — disse lady Fawler.

— Nós podemos falar sobre isso assim que voltarmos, madame, pois de minha boca nada será dito. — Huntley foi até ela e deu-lhe o braço. — Venha comigo.

Bertha ficou ali parada, com o coração na mão, enquanto Lady Fawler se afastava com a enteada, e Lorde Huntley seguia junto, levando as urnas.

Quando todos conseguiram retornar ao ponto de encontro, Lena estava fazendo seu papel de anfitriã como se nada tivesse acontecido. Ela contava as urnas para anunciar os vencedores. Ruth estava perto dela a ajudando. Pela sua expressão, os outros não saberiam o quanto ainda estava preocupada. Já Huntley, juntara-se aos amigos e também não disse uma palavra, mas nem parecia que havia se divertido.

— Lorde Greenwood achou o maior número de tesouros — anunciou a anfitriã.

— Aquele maldito! — exclamou Lydia, sem conseguir se conter.

— O que ele fez? — indagou Bertha.

— Roubou metade do meu tesouro.

— Como?

— Roubando. — Ela cruzou os braços.

Lady Fawler terminou de contar e olhou em volta, parabenizando Lorde Richmond pelo segundo lugar, e Lorde Bourne e Lorde Keller pelos vários achados. Assim como Lydia e a Srta. Durant, por estarem entre os melhores caçadores. E recitou os números de todos.

Ruth nem conseguiu mais ficar contente por não ter ficado em último lugar, tendo empatado com outros que encontraram apenas três urnas. Por causa da confusão, lembrou que Graham pegou uma urna e deixou seus outros achados para trás, diminuindo sua contagem.

— E Srta. Preston! Parabéns! Foi a dama mais bem colocada na busca, superando a maior parte dos cavalheiros! — Lena sorriu, nem parecendo que estava disfarçando pela altercação que havia acontecido com sua enteada.

Os convidados aplaudiram, e Deeds gritou, incentivando-a, enquanto a Srta. Jones ajudava. Lydia sorriu, um pouco sem graça, e viu Greenwood com um enorme sorriso e a aplaudindo enquanto ela ia buscar seus tesouros. Ele tinha aquele sorriso de quem sabia a história de uma de suas urnas "perdidas".

Todos foram colocados com seu número de tesouros e os mais valiosos. Havia desde presilhas de cabelo até um colar. Assim como brincadeiras que tinham apenas valor de entretenimento. Os participantes escreveram bilhetes para serem postos nas urnas e alguns eram piadas. Outros eram anônimos. E risadas ecoaram quando alguns bilhetes foram lidos em voz alta.

— Quem escreveu essa indecência? — uma das moças exclamou ao ler o seu bilhete: um convite para um encontro atrás das moitas.

— Corram, senhoras! Ou teremos vestidos transparentes demais para olhar! — um dos rapazes brincou e correu para a carruagem.

Algumas pessoas foram em veículos abertos e agora estavam entrando rapidamente nas carruagens dos amigos. Os cavalos foram atrelados rapidamente para aqueles que vieram montados. E a chuva que abriu sua participação subitamente numa poeira gelada foi engrossando na mesma velocidade que cavalheiros davam os braços a moças e se apressavam ao seu lado, impedindo que alguém escorregasse na grama ou um acidente ocorresse.

CAPÍTULO 4

Huntley não contou nada nem aos seus melhores amigos, mesmo sabendo que eles guardariam o segredo. Primeiro, ele esperou até poder se comunicar com Ruth. Como ela não lhe mandou nenhum bilhete, resolveu ir até lá antes que se encontrassem em um local público. Não queria tratar de um assunto delicado dessa forma. Porém, ela já havia decidido o que faria.

— Não vai me convidar para entrar? — perguntou Graham, quando Ruth saiu.

Ela deixou a casa rapidamente, trajada para passeio, e tocou seu braço, levando-o para o mais longe possível.

— Meu pai está em casa!

— Qual é o problema?

— Ele não pode vê-lo! Vai fazer perguntas!

— Seu pai não sabe dos amigos que mantém?

— Tentamos mantê-lo na ignorância o máximo possível, mas sim, ele aceita a contragosto o aumento da minha vida social. Porém, lá estou sempre na companhia de muitas pessoas.

Graham entendeu que era diferente eles estarem no grupo e ela ter um homem indo visitá-la, mas não era a primeira vez que passava ali.

— Das outras vezes que estive aqui, seu pai estava em casa?

— Estava dormindo, foi distraído, estava fora...

— Entendo.

— Ninguém sabe de nada do que aconteceu?

— Não, ninguém mais além dos presentes.

Ela assentiu, tomada por alívio. Esteve se revirando na cama, sem conseguir dormir direito, pensando em como seria horrível para eles se fossem obrigados. Qualquer sentimento que estivesse nascendo seria massacrado pela obrigação e pelo escândalo. Ruth já sentia o coração apertar ao pensar nele tratando-a como uma desagradável obrigação.

— Ótimo. Acho melhor para nós. Vamos deixar essa história morrer aqui. Assim nenhum dos dois será obrigado a nada — decidiu ela.

Ruth voltou rapidamente para casa, sem lhe dizer mais nada. Graham ficou ali por um momento, pensando se conseguiria deixar o assunto morrer como um segredo. Pelo jeito, era o que ela queria. E só lhe restava respeitar sua vontade.

Como planejara Ruth, eles voltaram a se encontrar somente no meio do grupo. Ela ainda pensava no que acontecera no parque, porém, sua memória tinha sido temperada com amargor. Divertiu-se tanto naquele dia, Graham fora tão doce e lhe presenteou com aqueles sorrisos sinceros. E depois lhe deu beijos que a deixaram flutuando enquanto sentia-se acalorada.

Mas sua madrasta estragou tudo com seu ataque de nervos. Depois de uns dias, Ruth parou de evitar Lena. A viscondessa lhe explicou que ficou em desespero e que seu maior medo era vê-la arruinada e ter de lidar com o marido. Ele ficaria irado com todos eles, talvez quisesse até machucar o rapaz em vez de vê-los casados. Ruth entendeu que Lena queria o seu bem, mas, agora que sabia que a madrasta poderia ter esse tipo de reação histérica, resolveu que era melhor que ela não soubesse de suas pequenas aventuras.

Discrição era tudo. Especialmente em situações como aquela.

No evento de Lady Daring, naquele lindo e atípico jardim, todos do grupo de Devon compareceram. Quando Ruth chegou, a única com quem podia conversar era Janet, que sabia de toda a história.

— Nunca mais falamos sobre isso — disse Ruth, pois Janet era sutil demais para se intrometer.

Elas foram distraídas pela chegada de Lydia e Bertha. A segunda, sempre atenta às pessoas, aproveitou um momento que ficaram sozinhas para saber como Ruth estava.

— Srta. Wright, é bom vê-la aqui. Como tem passado? — perguntou Bertha, chegando sutilmente, pois não podia perguntar logo o que precisava.

Ruth deu-lhe um leve sorriso e estendeu a mão enluvada para ela.

— Como não a encontrei desde a caça ao tesouro, não tive oportunidade de agradecê-la pela discrição — disse rápido, aproveitando que estavam momentaneamente sozinhas.

— Não precisa. Eu queria saber se tudo correu bem. Não recebi a notícia de um noivado, então...

— Não haverá, ao menos no momento. Não contamos ao meu pai. E Lorde Huntley concordou com minha decisão de nos afastarmos para evitar possíveis comentários.

Bertha tinha acabado de ver Huntley perto da fonte e, ao ouvir seu nome, virou a cabeça e o olhou discretamente. Ele estava olhando exatamente para onde ela estava, ou melhor, para a Srta. Wright. De longe, ele não se parecia com alguém que havia "concordado" com afastamento algum. De fato, parecia esperar sua oportunidade de ter uma breve conversa com Ruth.

— Concordou? — comentou Bertha, voltando a olhá-la. — Imagino que estejam aliviados.

— Sim... Imagino que ele esteja extremamente aliviado.

Pois não parecia.

— Então, não estão mais passeando juntos?

— Eu preferi não arriscar.

Ah, isso começava a explicar a expressão contrariada de Huntley, se ele estivesse interessado nela. Ficou claro que Ruth não percebera nada disso, e Bertha achou melhor deixar o assunto de lado; os dois ainda teriam tempo.

Lá perto da fonte, Graham comentou sobre sua separação precipitada da dama que despertara seu interesse naquela temporada. Ele não era muito de falar dessas questões pessoais, mas se confidenciava com seu melhor amigo. Não estava procurando uma esposa, mas não era contra se interessar, e sua atenção foi atraída por Ruth logo no início; ele gostou das oportunidades que teve de conhecê-la melhor.

— Já tentou lhe enviar uma carta? Pode ser um bom jeito de tratar o assunto — sugeriu Ethan, enquanto remexia no prato que havia montado no buffet com o que tinha de mais substancioso.

— Não vou lhe escrever mais nada, ela finge que não existo — respondeu Graham, aborrecido e apertando demais o garfo.

Eric juntou-se a eles repentinamente, parecendo ainda mais irritado do que Graham. Ele soltou seu prato e se pôs a comer de um jeito muito rude para a leve comida que o lanche diurno oferecia.

— Ah, não. Os dois emburrados, provavelmente pelo mesmo motivo, eu não aguento! — reclamou Ethan.

No entanto, o Diabo Loiro não pretendia se afastar, enquanto Lorde Garboso não queria falar no assunto. Eram momentos diferentes, um deles tinha algo parecido com um romance. O outro achava que agora nem era considerado. Mesmo que a lembrança lhe fosse querida, ainda pensava que não devia ter beijado a Srta. Wright. Enganou-se profundamente sobre o que estava surgindo entre eles, pois não era nada. E ele achando que haviam criado uma identificação especial.

Uma piada, isso sim.

Huntley só voltou a ver a Srta. Wright quando o grupo retornou para perto do chafariz e, sabe-se lá como, Lorde Keller foi parar dentro da água. E aparentemente, ele não sabia nadar. De repente, estavam todos correndo, e Graham também foi lá resgatar o homem.

— Eu não acredito que ele está se afogando num chafariz! — disse Bertha.

— Você o empurrou? — Janet perguntou a Lydia.

— Ele ia me beijar! — ela defendeu-se em pânico pelo beijo, não pelo homem que se afogava no chafariz. — Não foi por querer.

Greenwood chegou antes e estava agarrado à gravata de Keller, praticamente o ameaçando, apesar de este ter quase se afogado. Num chafariz, o que só era mais vexatório.

— Peça desculpas à dama — demandou Greenwood, avolumando-se sobre ele e até fazendo sombra.

— Eu juro que não ia beijá-la! — balbuciava Keller.

Greenwood estreitou o olhar para ele, com todo o jeito de que ia jogá-lo na água de novo.

— Desculpe, Srta. Preston, eu juro que foi um mal-entendido.

— Eu entendo — resmungou ela.

Pelo jeito, a culpa do início da confusão foi da Srta. Preston, mas, mesmo assim, Ethan achava que ela merecia desculpas. Graham não queria falar nada, pois seu amigo era bem fechado nesses assuntos amorosos. No entanto, achava que Ethan vinha prestando atenção demais no que Lydia fazia.

Quando pensaram que a vergonha havia sido controlada, a Srta. Gale chamou a atenção para algo boiando no chafariz. Na confusão, Lorde Bigodão havia tentado salvar Keller e acabou perdendo o bigode na água. Virou outro escândalo: um bigode nadador.

— Socorro, estou desfalcado! — exclamou Latham, com as mãos sobre a parte de baixo do rosto. Depois, morto de vergonha, começou a balbuciar: — Meu bigode começou a perder a força há alguns meses. Eu fiquei desesperado, então encomendei o bigode. Eu já tinha o apelido, não sabia o que fazer, mas ficou maior do que eu queria — ele confessava, só para aquele seu grupo.

— É um aviso divino para o senhor acabar com esse bigode — disse Bertha, tentando ser sutil, mas falhando.

— Nem estou reconhecendo-o sem ele. Não é que existe uma boca por baixo! — provocou Graham, com um grande sorriso.

— Está até mais apresentável — incentivou Janet.

— Alguém pode solicitar uma toalha para Lorde Tartaruga? — pediu Eric, tentando arrumar a bagunça. — Alguém tire todo esse melão da cabeça de Lorde Glenfall. E, por obséquio, alguém pode, por favor, encontrar a sobrancelha direita de Lorde Hendon? — Ele balançava a cabeça, com aquela expressão de quem não acreditava no que via.

E todos olharam para Hendon — Lorde Sobrancelhas — e uma de suas grossas sobrancelhas castanhas faltando. Mais uma vergonha. Huntley nunca conseguiria explicar como aquelas pessoas resolveram ser um grupo só. Muitos deles já se conheciam, mas só naquele ano haviam unido todos e estreitado laços. Graham tinha certeza de que era o melhor grupo de jovens que já se reuniu em uma temporada. Nunca se divertira tanto em Londres.

— Vocês encomendaram a sobrancelha e o bigode no mesmo lugar? — indagou Greenwood, movendo a mão entre ele e Hendon e lançando um olhar cômico.

Lorde Deeds não se aguentou e se dobrou, gargalhando enquanto apertava as mãos na pança. Bertha e Janet apertaram a mão uma da outra, como se isso fosse ajudá-las a parar de rir.

— Não sairemos daqui hoje. — Huntley girou em seu eixo, tentando avistar uma sobrancelha perdida. Afinal, amigos se sujeitavam até a algo tão degradante quanto a busca por uma sobrancelha desaparecida.

Lorde Hendon tirou a mão que estava cobrindo só o lado direito da testa onde faltava a sobrancelha. Os outros se aproximaram e estreitaram os olhos para constatar que ele quase não tinha pelos ali. Os poucos existentes eram castanhos como seu cabelo, num tom mediano, nem claro nem escuro. Mas era sutil. De fato, não ficava ruim.

— Está melhor sem a sobrancelha falsa — apontou Ruth.

Hendon virou-se imediatamente, já com a mão cobrindo o lado direito, onde faltava a sobrancelha.

— A senhorita acha mesmo? — Ele soava esperançoso.

— Você realmente achou que não sabíamos que essas sobrancelhas eram suspeitas? — indagou ela.

— Juro que fica bem assim — assegurou Bertha.

— Concordo — disse Janet.

Ele rodava no lugar, virando-se para as moças, conforme elas falavam.

— Até eu concordo, perca a outra também! — incentivou Lydia.

— Achei! — exclamou Deeds, quando conseguiu parar de rir.

— E o bigode flutuante? — perguntou Cowton.

— Isso é nojento. — Lydia foi se afastando. — Eu vou encontrar toalhas.

Graham viu que Ethan foi junto com ela e resolveu que, assim que tivesse oportunidade, iria descobrir sobre esse seu interesse na moça. Sabia que o amigo estava pensando em se casar em breve e ficou curioso. Pensava até que os dois combinavam, mas os rapazes já haviam notado que Lydia não estava nada interessada em encontrar um pretendente. Ela era ótima em fugir deles.

CAPÍTULO 5

— Depois de tudo que aconteceu, nunca mais nos falamos — disse Ruth, desviando do assunto que a madrasta puxou.

Lady Fawler achou estranho a completa quebra de relação entre a enteada e o rapaz que ela esteve beijando. Sabia que Ruth não tinha se envolvido com outro antes e isso também serviu para intensificar o ataque de nervos que Lena teve. Mas agora, depois de terem certeza de que um boato não os forçaria a nada, queria entender por que se afastaram tanto.

— Não sei por que pensa que ele estava assim tão interessado. Foi um flerte bobo.

— Desde quando pensa essas coisas, Ruth? Não tem experiência para isso, nunca havia beijado um rapaz.

— Pois agora eu tenho. Aprendi muitas coisas nessa temporada, depois que finalmente pude interagir mais com pessoas da minha idade.

— Está vendo por que falam mal desse grupo misto? Você já está toda avançada. Não dê ouvidos a tudo, aqueles rapazes são mais velhos do que você e já devem ter se envolvido em coisas... indecentes.

— Você está parecendo o meu pai, me tratando como se eu ainda tivesse 12 anos. Eu entendo. Aqui na temporada nós flertamos muito. E podemos nos apaixonar, e sei bem que incentivam os homens a terem casos amorosos!

— É esse o problema? Está chateada porque aquele rapaz está tendo um caso amoroso com outra mulher?

— Não! Eu não me importo com o que ele faz! Foi só um beijo!

Ela se levantou e deixou a saleta onde as duas geralmente podiam ter alguma privacidade, sem que seu pai entrasse a qualquer momento. Mas era isso mesmo. A temporada seguiu seu curso, e ela se afastou de Huntley, um pouco por medo e por inexperiência também. Tinha dúvidas sobre os próprios sentimentos, não sabia identificar o que começou a acontecer entre eles.

Apesar do tempo que passou, ela ficou apavorada com a possibilidade de ter que obrigá-lo a se casar com ela. Seria infeliz pelo resto da vida. Entendia casamentos nos quais as pessoas entravam em acordo ou criavam uma união em cima de pontos em comum, amizade ou uma relação afável. Mas obrigação, isso ela não queria.

Agora, ficava emburrada ao vê-lo nos eventos, pois ele era solteiro. E tinha um título. Também era indecentemente bonito, seu apelido tinha até se espalhado para além do grupo; não era todo dia que um conde com aquela aparência estava disponível. Ele sempre tinha um mar de pretendentes para dançar. Mais badalado do que ele naquela temporada, Ruth só conhecia Lorde Bourne. Mas isto porque todos tinham certeza de que Eric estava à procura de uma esposa para este ano.

Já Huntley.... Bem, Ruth não sabia. E sinceramente, não era problema seu. Depois de todos os escândalos que o grupo passou, ela tinha muitas coisas para pensar. A última polêmica era a partida repentina do Sr. Duval. Tudo depois de ele levar um soco de Bourne e o desafiar para um duelo.

Pelo que sabiam, Duval havia se comportado de forma inaceitável com a Srta. Gale. E dentro do grupo, todos já sabiam que Eric estava interessado nela. Então, subitamente o homem teve de partir.

Ruth estava se achando um tanto fofoqueira, pois contou aos amigos que sua madrasta ficou sabendo que a marquesa de Bridington — mãe de Lydia — disse que ia cortar a língua de Lady Collington. E por acaso, ela era a mãe da Srta. Gilbert, que armou, junto com Duval, a situação que gerou a grande briga e quase duelo.

Ninguém esquecia que um chão de baile foi manchado de sangue.

Depois daquilo, todos do grupo ficaram um pouco sumidos, para deixar a poeira baixar. Mas, naquela noite, estavam de volta ao mesmo evento. Eric fugiu de suas admiradoras e se refugiou junto com Lorde Pança, Huntley e Keller. Deeds não se importava de ser o ponto de refúgio dos amigos. Huntley e Bourne eram concorridos demais, e Keller ainda estava se recuperando de ser rejeitado pela Srta. Brannon.

Lorde Pança podia não ter um bando de gente o perseguindo, inclusive fofoqueiros e moças desesperadas por casamento, no entanto, nunca estava sozinho, todos aqueles que lhe importavam queriam sua companhia e o procuravam. Não como a opção que sobrava; eles o preferiam. E os fofoqueiros eram uns tolos, pois, exatamente por isso, Deeds sempre sabia de tudo. E ele ainda não estava procurando uma esposa, mesmo que fosse solteiro.

— Não seja tolo, Huntley, só porque foram pegos aos beijos num parque não quer dizer que tenham um compromisso — opinou Deeds, enquanto o amigo olhava com hostilidade para o rapaz com quem a Srta. Wright havia ido dançar.

— Ela parecia muito interessada — reclamou Huntley, um tanto miserável por agora nem ter mais uma relação com Ruth.

— Ao menos você ainda tem alguma chance — resmungou Keller.

A Srta. Brannon não lhe dava nenhuma chance. Keller podia ser um tanto bobo, mas era apresentável, era um herdeiro e tinha seus atrativos. Havia algumas moças interessadas nele. Pena que ele não as enxergava.

— Eu sempre soube que não me casaria logo após essa temporada — comentou Eric, encarando suas perdas e chances.

Não importava que ele fosse o partido da temporada, com tantas jovens adoráveis para conhecer. Não haveria encantamento para ele.

Lorde Pança olhou em volta e não viu a Srta. Gale, mas havia acabado de ver a Srta. Preston, o que significava que Bertha estava em algum lugar ali.

— Parem de reclamar. Há dezenas de moças disponíveis e interessadas — falou Deeds.

Lorde Huntley apenas cruzou os braços. Eric se virou no lugar e olhou em volta. Keller foi o único que concordou, pois estava oficialmente desistindo da Srta. Brannon. Não estava em um caso mal resolvido como os outros dois, estava sendo maltratado por aquela moça insuportável.

— Vou falar com ela — decidiu Huntley. — Isso é ridículo.

— Vai ameaçá-la com seus beijos do passado? — caçoou Keller, que não esteve presente no momento, porém, a história virou um dos segredos deles, compartilhado na mesa do clube.

Enquanto eles estavam lá confabulando, Lydia e Bertha diziam quase a mesma coisa para a Srta. Wright.

— Se ele tivesse algum interesse, já teria dito. E não ficaria dançando com um incontável número de moças pelos bailes da semana — reclamou Ruth.

— Você disse que não queria mais vê-lo — interviu Lydia. — Posso ser a pior pessoa para esse tipo de conselho, mas tenho certa lógica.

— E você também está dançando com outros — lembrou Bertha.

— Não vou ficar parada num canto enquanto ele se diverte com outras. Eu estava certa, ele ficaria comigo por obrigação — lamentou-se.

— Ele está olhando para cá — notou Lydia.

— Vou dizer-lhe para ir para o inferno. — Ela agarrou o leque e começou a movê-lo.

— Não! — as duas exclamaram e se apressaram para cobrir o leque.

O leque não parava de abrir e fechar, dizendo a Lorde Huntley que ele era muito, muito cruel. Os quatro rapazes franziram o cenho e se inclinaram um pouco para trás.

— Dê-me isso aqui — disse Bertha.

— Não, ele pode me esquecer! — Ela bateu o dedo rapidamente na ponta do leque, que estava um pouco aberto e um pouco fechado, tornando a mensagem dúbia. Mas parecia dizer que queria estar com ele.

Huntley estreitou o olhar e perguntou a Deeds, que conferenciou com Bourne, que confirmou com Keller. Não podia ser que os quatro estivessem entendendo errado. Pelo jeito, Huntley era um bastardo cruel com quem a Srta. Wright queria muito estar.

— Da outra vez, ao invés de convidá-lo para dançar, você o chamou para um encontro secreto! — reclamou Lydia, finalmente tomando o leque dela.

As três disfarçaram e fingiram que nunca estiveram trocando mensagens.

— Diga-lhe que o odeio — pediu Ruth.

Lydia virou o rosto para Bertha:

— Dá para dizer isso com um leque?

— Não lembro...

— Eu sempre achei isso ridículo. De longe, todo mundo entende a mensagem errada e ainda acontece o problema de a pessoa errada pensar que é para ela — reclamou Lydia.

— Você já disse que ele é cruel, praticamente um tirano. Ódio é o de menos — decidiu Bertha.

— Eu acho que, se quebrar o leque na cabeça dele, a mensagem de ódio ficará clara — opinou Lydia.

— Algo que não pode ser feito no momento — Bertha disse rápido.

— Então, devolva-me — disse Ruth.

— Lembrei como dizer que o odeia! — exclamou Bertha.

A Srta. Wright tomou de volta o seu leque, pronta para passar a mensagem indicada por Bertha, mas parou, deixando os ombros caírem.

— Eu não o odeio... — lamentou e olhou para baixo. — Na verdade, acho que o amo.

— Um beijo e você já o ama? — Lydia abriu as mãos.

— Muitos acontecimentos podem se passar até o momento do beijo, coisas que comprometem um coração — Bertha comentou.

Lydia tornou a virar o rosto para ela, agora com olhar desconfiado:

— E como você poderia saber disso? — indagou.

— É... óbvio — desconversou ela.

— Não foi apenas um beijo — revelou a Srta. Wright.

Bertha e Lydia a olharam ao mesmo tempo, com os olhos arregalados, esperando pelo pior.

— Foram os passeios, nossas conversas, todas as vezes que ele segurou minha mão e ficamos juntos... Até aquele dia no parque quando nos beijamos — ela sussurrou. — E tudo acabou!

— Até onde lembro, você acabou com tudo. — Bertha sabia ser inoportuna.

— Eu não quero obrigá-lo.

Lydia olhou por cima do ombro e disse:

— Pois o cavalheiro em questão não parece nada obrigado ao aproximar-se. Com sua comitiva.

— Não! — exclamou Ruth e sussurrou para elas. — Digam que eu não disse nada de errado com aquele leque.

— Disse tudo errado — assegurou Bertha, numa voz baixa.

Eles se juntaram a elas, com Huntley à frente do grupo. Ele cumprimentou todas e disse:

— Srta. Wright, por acaso teria tempo livre para passear pelo salão?

— Agora?

— Sim.

Lydia queria pisar no seu pé, e Bertha queria empurrá-la, o que devia estar claro em seus olhares, pois, assim que buscou alguma reação em suas faces, Ruth tornou a virar-se para Huntley.

— Sim, eu adoraria um passeio.

Os cinco que ficaram soltaram o ar e permaneceram ali por um momento.

— Bem, creio que é melhor irmos para... bem, deixar as damas em paz — aconselhou Deeds, notando certa tensão no ar.

Ruth percebeu que ele não lhe convidou para dançar e sim para passear. Era comum, assim andavam de braços dados na frente de todos. Talvez ele quisesse isso mesmo: ser visto em sua companhia para mostrar que eram amigos e não havia nada entre eles.

— Acho que já passou muito tempo desde aquele incidente — disse ele, indo direto ao ponto.

Ela tentou não reagir às palavras dele; havia mesmo passado metade da temporada.

— E ninguém mais tocou no assunto — continuou Graham.

— Então creio que é um segredo.

— Eu jamais pensei que um simples beijo precisava tornar-se algo encarado de forma tão temerária.

Ruth respirou fundo. Para ela, nunca foi um "simples beijo", foi o primeiro de sua vida. E ela apreciou o que sentiu. Não sabia que Graham também não havia achado nada simples, mas, pela forma como ela escolheu se afastar definitivamente, ele decidiu que o melhor seria diminuir a importância que teve. Ou não conseguiria deixar o episódio no passado.

— O senhor não sabe o que é ter sua reputação em jogo.

— Sua reputação nunca esteve em jogo ali. Nenhum de nós ia contar.

— Qualquer outro poderia ter visto. E um casamento a contragosto é algo que eu jamais infligiria a nenhum de nós.

Graham assentiu e respirou fundo. Ele não a tinha convidado para se acusarem.

— Escute, esqueça o que eu disse. Vim lhe dizer que frequentamos o mesmo grupo de amigos. É inevitável nos encontrarmos.

— Não quero deixar de vê-lo... Quero dizer, nunca... Não foi minha intenção ser rude.

— Como acabou de dizer que sou um tirano, mas quer me encontrar mesmo assim, eu posso acreditar.

Ruth se lembrou de sua confusão com o leque. Outra vez. Ela não vivia mandando mensagens dessa forma, mas, quando errava, só acontecia com ele.

— Foi um deslize!

Ele sorriu, e Ruth pensou que não o via fazer isso há algum tempo, ao menos não endereçado a ela. E nem perto dela, pois eles não saíam juntos nos pequenos grupos que se formavam para ir a passeios, confeitaria e lojas.

— Imaginei que sim. Não me considero um tirano.

E você não quer estar comigo, pensou ele. Tentando deixar o pensamento de lado imediatamente.

— Não era um insulto, eu quis dizer que... eu também queria lhe falar! — decidiu ela, pois achou que era o melhor jeito de lidar. Não queria parecer uma iludida.

— Queria?

Ruth não pegou a ironia do tom dele, já que achava ser uma mudança suspeita, pois, depois do acontecimento no parque, ela fez de tudo para não precisarem se falar. Por cerca de um mês, mal o cumprimentava.

— Sim, para lhe dizer que devemos retornar à nossa relação puramente amigável. Como o senhor mesmo disse, foi um simples beijo. E mesmo em minha inexperiência, não acho que beijos sem importância devam ditar o rumo da vida das pessoas ou mesmo como se comportam.

— Claro... — respondeu ele.

Ruth percebeu uma mudança nele: seu semblante fechou e sua postura ficou mais rígida. Mas ela não se dava crédito suficiente para culpar as próprias palavras pela reação dele, pois achava estar agradando, afinal, ele mesmo disse que fora um beijo simples. Ela podia imaginar que, com a quantidade de jovens que se aproximava dele e tentava ganhar sua atenção, ele já dera vários beijos por aí. Ela nem pensou que havia ido longe demais em sua afobação para não sair por baixo e não demonstrar que ainda se importava.

— Podemos manter uma amizade — disse ela, quando ele não respondeu mais nada e se virou, levando-a de volta para o lugar de onde a tirou.

— Como quiser. — Ele assentiu uma vez.

Ruth virou um pouco o rosto para olhá-lo. Tinha a leve impressão de que ele não dissera exatamente o motivo para convidá-la para o passeio. E agora estava olhando para a frente, com aquela expressão séria da qual ela falou, a mesma que lhe dera uma falsa impressão quando se conheceram.

— Somos amigos dos outros do grupo, seria natural — continuou ela, vendo que se aproximavam cada vez mais de se separar e não arrancaria mais nada dele.

— Nós nos veremos na presença dos outros — comentou ele, afastando gentilmente o braço onde ela esteve apoiando a mão.

Graham fez uma breve mesura e a deixou, partindo pelo meio do salão. Como não encontrara Lydia e Bertha no mesmo local, ele a levara até sua acompanhante.

— Ruth, resolveu me escutar e retomou sua relação próxima com Lorde Huntley? — perguntou Lady Fawler.

Ruth franzia o cenho, apertando as mãos enluvadas. Ela realmente não tinha experiência nesses assuntos e nas reações esperadas, porém, achava que havia acabado de acontecer o contrário do que sua madrasta pensava.

— Não fiz nada disso.

— Mas...

Lena voltou a se preocupar, pois, até aquele momento, Huntley havia sido o único por quem Ruth mostrou interesse. E ela queria muito ajudar na missão de casar a enteada. Apesar do susto da situação no parque, quando se acalmou, pensou que seria uma ótima união. Huntley era um partido e tanto. Como faria para contornar isso? O próximo ano seria a terceira temporada de Ruth e sem nenhum sinal de pretendentes.

Sua enteada não era o problema, pois era uma moça adorável e encantadora, e seus vestidos estavam sempre na moda. O conde não poupava para suprir a filha com bons acessórios e roupas dos mais finos tecidos. Ela tinha aquele lindo cabelo avermelhado e um rosto com traços suaves que eram bem acentuados em seus penteados altos. Não havia motivo para não ter rapazes interessados nela. Lena pensava no que mais poderia fazer para ajudar.

CAPÍTULO 6

Algumas semanas depois

Após a breve desilusão com a Srta. Wright, Graham decidiu que ia deixar essa história de lado. Ele tentou ser divertido e respeitou seu desejo de se afastarem após o incidente, só para ser descaradamente dispensado. Não sabia que beijava tão mal assim para ser tratado com tanto pouco caso.

Quando a levou para passear no começo da temporada, procurou até aflorar um pouco do seu lado romântico. Afinal, foi um conselho dos seus amigos. Romantismo, é disso que as moças gostam. Não era muito fácil quando não era uma habilidade natural. E que ele raramente usava.

— Toda essa beleza não pode atrapalhar o seu charme, homem! Coragem! — falou Deeds, tentando animá-lo a perseguir seus objetivos.

— Não estou procurando um casamento ainda — resmungou ele. — Deixe isso para Bourne.

Os outros notaram sua repentina mudança de planos. Ele não reclamou mais sobre a indiferença da Srta. Wright, tampouco falou mal dos rapazes de fora do grupo deles com quem ela era vista dançando vez ou outra.

— Nem me fale em Bourne. Aconteceu algo extremamente desagradável — lamentou-se Deeds.

— Com ele? — Huntley se virou para olhá-lo.

— E com a Srta. Gale — sussurrou Deeds. — O avô dele se intrometeu. Pobre desafortunado. Ele está um bagaço, dessa vez, acho que suas chances realmente acabaram. Ele está praticamente proibido de se aproximar da Srta. Gale.

— Mas que lástima. Soube que ele se mudou com a sobrinha.

— Sim, ainda tem isso. — Deeds mordeu uma bomba de chocolate, não era todo dia que via uma dessas.

Huntley não estava com humor para bailes; por mais que desse mostras de que ainda estava fugindo de compromissos, sempre acabava dançando mais do que gostaria.

— Vamos arrastá-lo para afogar as mágoas — decidiu ele, puxando-o pelo braço, e Deeds foi junto, tentando colocar o resto do doce na boca.

Como pedira a Srta. Wright, eles só tornaram a se ver em encontros em grupo, junto com os outros. E agora era ela que o estava achando indiferente. Suas amigas nem lhe avisavam mais que ele estava olhando.

Lady Fawler ainda estava promovendo eventos que agradavam a muitos e desagradavam a um bom lado da sociedade mais conservadora. Suas ideias já estavam sendo copiadas, assim como seus convites continuavam gerando polêmica. As pessoas falavam mal, porém queriam ir. Ela criou alguns desafetos, pois era uma desfeita com suas conhecidas. Elas tinham filhas para casar, e Lena tinha um jardim e alguns lanches cheios de jovens nobres e bons partidos. Como ela tinha a coragem de não convidar essas "amigas"?

Ora, por motivos óbvios. Muitas delas torceram o nariz para ela quando se tornou viscondessa. Ela era mais nova, porém, não tão mais nova assim do que o marido. Já tinha 30 anos quando se casou com ele, e essas pessoas que queriam seu convite não sabiam se a criticavam por ser velha para o casamento e a responsabilidade de produzir herdeiros ou por ser muito mais nova do que Milo. E aqueles velhos se casando com jovens saídas do debute? Isso ninguém estava vendo, não é? Pois elas que ficassem sem convites!

Ruth, por seu lado, escutava as reclamações e fofocas que Lena lhe contava, mas estava mais ocupada com os dramas dos seus amigos, já que sua vida tinha ficado subitamente sem acontecimentos. E também reparou que geralmente Lorde Huntley não comparecia aos eventos em sua casa. Pelo que soube, ele ia a outros locais junto com Greenwood, mas este sempre foi incerto em seus convites.

No entanto, todos eles se encontraram em um evento ao ar livre, mas com espaço demais. De longe, Ruth podia ver Huntley junto com Lorde Tartaruga, que teve o apelido trocado desde que caiu de costas no chafariz. E agora Greenwood não podia mais escapar, seria eternamente Lorde Murro, pois os outros rapazes adoravam caçoar dessa história.

Apesar de não comentarem, os amigos de Devon sabiam de certa tensão por causa de acontecimentos recentes entre o Diabo Loiro e a Srta. Graciosa. Bourne, que ganhou esse apelido de Lydia, não tinha mais o mesmo humor desde o incidente com seu avô. Era um segredo, mas estes sempre se espalhavam no grupo. E os Preston iam deixar a cidade mais cedo, devido à gravidez da marquesa de Bridington. Então, os dois iam se separar. Ruth achava toda a história tão triste, era óbvio que Bertha tinha sentimentos por Bourne.

— As senhoritas Preston e Gale não serão nossos únicos desfalques. Alguns dos rapazes participarão de um torneio no campo e não retornarão. Soube que Greenwood vai competir nas corridas. E que Huntley entrará no tiro, ele atira muito bem a longa distância — comentava Lorde Cowton, que não soluçava, afinal, só tinha chá e limonada para beber.

— Eu acho que poderei ir assistir! — animou-se Janet.

Ruth a invejava um pouco, pois os pais de Janet a deixavam se aventurar mais, a mãe era até capaz de acompanhá-la nessas incursões. Apesar de Lena ser uma boa aliada, Ruth sabia que seu pai não lhe deixaria ir. E havia o seu irmão de 2 anos, que madrasta não iria deixar. Mesmo se sua prima a acompanhasse como tinha feito em Londres em alguns eventos, Lorde Fawler jamais a deixaria voltar para o campo, para ir atrás do seu grupo misto e bagunceiro de amigos. Só para assistir a um torneio do qual os rapazes participariam.

— Realmente não tenho talento para correr, atirar em pratos e me jogar em rios, parem de tentar me matar! — disse Lorde Pança, quando o grupo se reuniu e a maioria deles lanchava.

— Não seja covarde, Deeds! Você atira bem — encorajou Keller, incentivando-o.

— O melhor que posso fazer, pelo bem da minha saúde, é ir torcer pelos meus amigos — teimou Deeds, já pensando em sua vergonha no torneio. — Nos encontraremos nas refeições. Vocês já causam sobressaltos demais ao meu coração frágil.

Eles continuaram se divertindo, falando dos seus planos para o encerramento da temporada e convencendo uns aos outros a partirem um pouco antes para participar ou assistir ao torneio.

— Eu espero que ganhe na competição de tiro — disse Ruth, tentando ser amigável com Huntley.

Por acaso, eles haviam sentado lado a lado, enquanto ambos comiam. Ruth mastigou lentamente o pedaço de bolo que tinha escolhido. Não sabia o que seria pior: sentir a rejeição se ele levantasse assim que percebesse quem estava ao seu lado ou aquele nervosismo inexplicável de estarem próximos novamente.

— A senhorita não pretende ir? — perguntou ele.

— Meu pai ainda não partirá de Londres, eu ficarei com eles.

— Entendo. — Ele se ocupou, bebendo um pouco de limonada, e continuou. — Se por acaso não nos virmos mais aqui na cidade, acredito que algum amigo em comum causará esse encontro.

— Sim! É bom ter amigos em comum. — Ela assentiu rapidamente.

Agora que tinham decidido pela amizade, Ruth queria parar de pensar nele de outros jeitos. Mesmo que, depois daquele dia no baile, ela tenha sentido que da parte dele não havia mesmo a possibilidade.

No fim do ano, quando todos já estavam em Devon e parecia que as histórias da temporada haviam ficado para trás, os membros do grupo foram surpreendidos por um convite de casamento. Nesse meio-tempo, alguns deles viajaram, foram e voltaram da cidade. E só dois dos rapazes viram as consequências de tudo que aconteceu a Bourne. Mas era um momento de felicidade, pois Bertha e Eric iriam se casar!

Ruth só voltou a ver Lorde Huntley no dia do casamento. Ele havia dito que os dois se encontrariam logo, por causa dos amigos em comum. Porém, isso não aconteceu, e ela tinha certeza de que foi por escolha dele. No mês anterior, quase todos os rapazes estiveram em um evento no jardim dos Wright, então, Lena convenceu o marido de que assim era melhor para Ruth. As faltas foram exatamente Graham, Eric e Ethan. Como diziam agora, o trio de bons partidos, todos com seus próprios títulos e terras. Estavam sempre na ativa, de lá para cá.

A maioria deles não sabia que Eric esteve escondido em seu pavilhão de caça, curando um coração muito quebrado. Mas sabiam da saúde delicada da marquesa e do clima de luto em Bright Hall. Por isso, foi uma surpresa receber um convite para um casamento justamente na propriedade dos Preston. Eles eram mesmo atípicos e escolheram celebrar a felicidade de Bertha para ajudar a curar a dor que sentiam.

— Eu pensei que eles haviam se separado para sempre — comentou Janet, um tanto emocionada. — E que nunca mais teriam uma chance.

— Ainda bem que isso não aconteceu — disse Ruth, acompanhando-a para a capela.

— Achei a história tão emocionante e ainda nem sei todos os detalhes.

De onde estavam na igreja, Ruth podia ver os amigos no banco do outro lado do corredor. Viu quando o marquês chegou trazendo a esposa, com o braço protetor em volta dos seus ombros e uma expressão preocupada. Logo depois as crianças entraram, e então Bertha passou pelo corredor central, bem ao lado delas. Ela usava um vestido azulado, tão lindo que as outras ficaram encantadas. Janet não parava de chorar.

— Meu coração finalmente está em paz — sussurrou Deeds, que viera junto com elas.

Ruth apertava as mãos, olhando para Bertha e Eric, pensando em como conseguiram chegar ali depois de tantas voltas. Seu lado romântico estava bastante vivo. Ainda bem. Sua madrasta andara lhe perguntando por que ela não se interessara por mais ninguém. Seu pai queria lhe arranjar um casamento, já até tinha alguém em mente. Mas Ruth achava que não estava faltando nada em seus sentimentos ou em sua capacidade de sentir interesse.

O cardápio do café da manhã de comemoração do casamento estava fantástico. Eram doces demais para provar. Os Preston tinham uma equipe de primeira, e o chef dos Northon veio com seus assistentes e todos os ingredientes finos. O resultado da combinação foi um banquete memorável. Ao menos Lorde Pança não esqueceria tão cedo, dava para ver seu deleite com todas as opções.

— É bom tornar a vê-la, Srta. Wright, e em um dia tão especial — disse Graham, aproximando-se da ponta da mesa onde Ruth estava experimentando tudo.

Ela foi pega de surpresa e deixou um canapé cair. Não estava esperando nenhuma aproximação, muito menos esta. Jamais poderia dizer que esqueceu qualquer característica dele, mas ficou olhando-o exatamente como alguém que não via um amigo há meses.

— Srta. Wright? — Graham chamou em um tom ameno, quando ela apenas baixou o rosto e enfiou um bolinho de presunto na boca. — Está tudo bem?

— Sim... — Ela tornou a olhar para a frente. — A comida está maravilhosa, o senhor já experimentou?

— Ainda não.

Ruth assentiu e voltou a comer, como se fosse a única coisa que tivesse para fazer. Graham olhou por cima do ombro e viu que os outros estavam por perto, sentados em pequenos grupos, conversando animadamente e indo felicitar os noivos. Ele acabara de vir das felicitações que prestou a Lorde e Lady Bourne.

— A senhorita não gostaria de ir se sentar?

Ela assentiu e terminou de colocar o que queria no prato, mas disse:

— Eu não acho que esse seja um bom momento para nos encontrarmos.

Graham a observou partir e ir sentar-se junto com a Srta. Jones. Ele franziu o cenho e, como elas estavam sozinhas, foi até lá e sentou-se na cadeira em frente a Ruth.

— E por que não é um bom momento?

Ruth estava misturando doces e salgados, pois, desde que ele se aproximou, não prestou mais a menor atenção no que colocava no prato.

— É um dia especial e romântico, e a verdade é que estou um tanto decepcionada e não posso culpá-lo, então só me resta a irritação.

Janet franziu o cenho enquanto olhava de um para outro, sem conseguir entender o que podia estar acontecendo agora.

— Eu não posso adivinhar o motivo de sua decepção, Ruth — declarou ele.

Ela voltou a morder comidas misturadas e largá-las logo depois, quando finalmente o encarou.

— Eu gostava da nossa amizade — confessou.

— Eu também.

— Não existe mais. E não sei por quê. Não imagino que eu conseguisse dizer algo para magoá-lo. E como nunca fizemos mal um ao outro, mágoa é a única opção que sobra.

Janet levantou a xícara lentamente e bebeu um gole, temendo fazer barulho ou movimentos bruscos que atrapalhassem a conversa que assistia.

— Pensa muito pouco de si mesma se acha que não conseguiria me magoar. Mas está certa. Eu mantinha sentimentos além da amizade e, quando deixou claro que jamais iríamos além disso, eu também senti mágoa. O melhor meio que encontrei de poder lhe oferecer somente uma amizade sincera foi através do afastamento.

Janet quase tombou a xícara, e Ruth só piscava, sem conseguir fechar a boca.

— Perdoe-me se isso lhe causou algum tipo de tristeza — concluiu ele.

— Sim... causou — murmurou ela.

Graham assentiu levemente e prensou os lábios antes de dizer:

— Se daqui em diante eu puder remediar isso, eu o farei. Aprecio muito estar na sua presença e lhe asseguro que agora posso lhe oferecer uma amizade sincera. Do mesmo jeito que mantenho com a Srta. Jones.

Janet se sobressaltou ao ser endereçada pela primeira vez na conversa e tudo que fez foi assentir para confirmar. Claro, ela tinha apreço por Lorde Huntley, mantinham uma relação amigável e agradável.

Graham estava tenso enquanto olhava para Ruth, sua mão direita apertava a beira da mesa e ele engoliu a saliva lentamente. Não ajudou nada o fato de ela precisar tomar um gole de chá antes de recuperar a voz.

— Eu ficarei muito feliz em voltar a vê-lo com frequência. Outra vez. — Ela piscava mais vezes do que o normal, mas sua boca estava esticada em um leve sorriso.

— Então nos veremos em breve. — Ele ficou de pé rapidamente. — É um evento tão bonito, estou feliz por eles.

— Eu também! Muito feliz que esse foi o desfecho! — respondeu Janet, abrindo um sorriso e checando Ruth pelo canto do olho.

— Até mais tarde, senhoritas.

Graham se afastou delas e parou por um instante, olhando para os lados como se retomasse a linha de pensamento. Então foi se servir, antes de sentar à mesa com alguns dos rapazes do grupo.

— Por que você não se mexeu até agora? — perguntou Janet, ao ficarem sozinhas.

Ruth nem conseguia mais colocar comida na boca de tanto nervosismo.

— Eu... Acho que ele foi mais do que a minha primeira paixonite — contou.

— É provável, ele disse que teve sentimentos além da...

— Não, estou falando sobre mim. Acho que o que estive sentindo foi diferente. Achei que fosse apenas interesse, mas nunca senti isso por alguém. Pensei que era o que devíamos sentir várias vezes enquanto nos interessamos por possíveis pretendentes.

— Pode não ser assim... — disse Janet, tentando lembrar de como se sentiu quando se interessou por um rapaz. — Eu já tive um ou outro interesse, mas foi tão passageiro, não lembro bem.

Ruth voltou a ficar quieta.

— Para exemplificar, quando conheci Lorde Greenwood, fiquei impressionada, mas foi breve. Ele era diferente, parecia mais rústico e intenso. Porém, já passou, ainda mais agora que o conheço melhor.

— Não foi nada disso que senti. Não sei descrever o que estou sentindo agora. Cheguei a citar amor, sem saber o que significa.

— Pense pelo lado bom, recuperou um amigo! Acho que vocês se davam tão bem no começo do ano! Apesar do beijo e tudo mais. Nós temos que beijar alguém pela primeira vez, não é? E se for um amigo, é até melhor. Ele guardará segredo.

— E agora ele sente apenas amizade por mim — lamentou ela, baixando a cabeça.

— Não era isso que queria?

Ruth apertou as mãos e balançou a cabeça. Não, não era. Estaria mentindo se dissesse que sentia por ele exatamente o que sentia por Lorde Bourne, por exemplo, a quem sempre viu somente com amizade.

— Esqueça! É um dia especial! Logo vamos estar envolvidos nas festividades de Natal! — desconversou Ruth, procurando mudar de assunto e esquecer.

Um tempo depois, Bertha e Eric partiram e todos foram acenar. E, aos poucos, foram entrando em suas carruagens e partindo também. Estava frio, mas também era quase um novo ano e todos tinham planos e locais para estar.

CAPÍTULO 7

Nem todos participaram tão ativamente da temporada de 1817. No final, Lorde Deeds estava agradecendo por ter sido um ano calmo. Ao menos comparado ao anterior. Ele não sabia se ficava contente ou desconfiado. Foi um ano até atípico, ninguém mais do grupo se casou.

Eles se reencontraram na reabertura do chalé de Eric e Bertha, onde tinham feito uma grande reforma e resolveram comemorar o fim e o retorno de todos, com um lanche diurno.

— A temporada desse ano foi plácida e monótona, tudo que eu precisava. — Deeds se reclinou na cadeira, ainda estava na parte salgada do lanche.

— Eu não achei nada plácida — reclamou Lorde Hendon.

— Isso porque você quase levou um tiro entre essas sobrancelhas postiças por dançar demais com a irmã dos outros! — disse Keller, rindo.

— Eu já tirei as sobrancelhas! — defendeu-se Hendon.

— É mesmo, então elas voltaram a crescer? — indagou Ruth, inclinando-se para olhar.

— É um milagre! — anunciou Glenfall.

— Milagre foi você ter deixado de ser da cor da sua camisa — implicou Hendon.

Era inesperado que o único a criar alguma alteração naqueles meses em Londres foi lorde Hendon, o último a ser considerado para algo dessa natureza. Mas, pelo jeito, depois que assumiu as próprias sobrancelhas, ele conseguiu a simpatia de alguma moça. Até Lorde Bigodão estreou um novo visual naquele ano: abandonou o bigode e estava com uma bonita barba aparada. E já tinha conseguido mais damas para aceitar sua visita.

Como as coisas iam, era bom Lorde Pança se preparar para muitas emoções nos próximos meses, especialmente na próxima temporada.

Eric e Bertha juntaram-se a eles, conseguindo um lugar na mesa do meio.

— Um brinde ao primeiro e talvez único casal decente que conseguiremos formar! — Lorde Keller levantou sua limonada.

— Agora não podem nos acusar de sermos indecentes, inadequados e problemáticos, temos um exemplo de casal perfeito para nos representar — brincou Richmond, arrancando risadas. Mesmo sem detalhes, eles sabiam bem que o caminho até ali não foi o que as matronas chamariam de correto, discreto e inocente.

Eles permaneceram por toda a tarde; as distâncias no campo diferiam muito da cidade e os convidados pernoitariam para não passar a noite na estrada. Podiam dizer muito sobre todos ali, mas eles até seguiam as regras de decoro: as moças ficariam no chalé, e os rapazes seriam despachados para o pavilhão. Com certeza seria uma noite de diversão para todos.

Porém, ver Bertha e Eric juntos fez alguns deles levarem mais a sério a ideia de encontrar alguém e começarem a considerar suas vidas amorosas. Para alguns, esta sequer existia; para outros, estava uma bagunça. Havia aqueles no grupo que não saberiam dizer como era a sensação de se apaixonar e uns azarados que tiveram desilusões com interesses românticos.

— O pai dela lhe arranjou um compromisso com um primo distante, ao menos foi o que eu soube — comentou Deeds.

Graham quase caiu da cadeira ao se virar.

— O que você disse? — perguntou rápido.

— Quando você foi viajar, ele chegou na cidade. Ficou de acompanhante atrás dela para todo lado — continuou Deeds.

— Mas eu só saí um pouco antes!

— Não achei que a notícia fosse perturbá-lo — falou Deeds, cínico.

— O cinismo não lhe cai bem, Deeds! — Riu Ethan.

— Mas somos todos amigos. Sinceridade e cinismo são esperados — disse ele.

— Ela ama esse homem? — perguntou Graham, preocupado.

— E como espera que eu saiba? — Lorde Pança parecia ultrajado, a pergunta era pessoal demais.

— Você sabe tudo! — alegou Keller.

— Não é nada disso, eu apenas sou convidado para a mesa das moças com mais frequência. E eu soube que ela está um tanto atônita com a teimosia do pai em achar que os dois combinam.

— Ela não pode ser obrigada! — declarou Graham.

— A Srta. Durant foi... — lembrou Hendon. — E até hoje temos de espantar aquele homenzinho chato que vive atrás dela. Mesmo com o noivado terminado por uma das partes.

— Mas, por outro lado, parece que a Srta. Wright pretende dar uma chance ao rapaz assim que ele propor, o pai dela a está pressionando muito. — Deeds dizia que não, mas, depois de uma temporada tão calma, parecia querer ver o circo pegar fogo.

O olhar na face de Graham era de surpresa e horror.

Depois do jantar, os homens foram embora para o pavilhão de caça, deixando as amigas na sala de estar do chalé. Bertha gostava ainda mais dela depois da reforma, haviam tirado alguns móveis supérfluos e parecia mais ampla. Nem precisaram puxar cadeiras para todas ficarem juntas.

— Devo lhe parabenizar? — perguntou Bertha, naquela noite.

— Eu não sei — admitiu Ruth. — Meu pai quer tanto me proteger que pensa que o melhor jeito de dar a liberdade que tenho pedido é me casando, para que eu seja problema de outro. Como se o título de casada me livrasse de escândalos.

— Talvez você o tenha chocado um pouco — sugeriu Janet, descansando a xícara na mesa de centro.

— Eu não posso acreditar que o visconde seja tão cabeça dura. Tudo que ela queria era mais espaço e menos tempo trancada em casa com o pai, a madrasta e uma criança. — Lydia balançava a cabeça.

— Nem todos pensam como o marquês — lembrou Bertha.

— Meu pai teve uma ideia parecida com essa, só que ele foi mais radical — comentou Eloisa, a Srta. Sem-Modos.

As outras sabiam que Eloisa havia passado por momentos ruins pouco antes de seu pai morrer, especialmente por ele ter cismado de casá-la. E seu ex-noivo ainda era um incômodo em sua vida. Os outros do grupo gostavam muito de impedir que ele conseguisse importuná-la.

— Lorde Bridington nem pode ser usado como exemplo, ele é surpreendentemente atípico. — Ruth deu um sorriso triste. Ela queria que o pai fosse menos cabeça-dura. — Eu vou postergar. Preciso pensar direito.

— Você gosta desse senhor? — indagou Bertha, pois ficou pouco tempo em Londres e não chegou a conhecê-lo.

— Eu não me lembrava do Sr. Bagwell. É um primo de terceiro grau do meu pai. E, pelo que disse, ele mantém contato com o pai dele.

— Ele é bonito? — indagou Lydia.

— Isso não é o mais importante! — Riu Janet.

— Claro que é importante! Pense, ela pode alegar ter sustos toda vez que o encontrar! Já é um motivo para não o ver nunca mais. — Lydia riu.

— Eu o acho bem comum — disse Ruth. — Mas apresentável.

— Ele tem o cabelo castanho-claro e ondulado, é até interessante — contou Janet.

— E você não se interessou por mais ninguém? — perguntou Bertha. — Poderia apresentar alguém para seu pai deixar essa ideia de lado.

— Não, ninguém mais chamou minha atenção. Confesso que pode ser difícil, pois só tenho passado tempo com os rapazes do nosso grupo. Nesse ano, mal conversei com outros homens. E então o Sr. Bagwell começou a me seguir nos eventos e aí mesmo que não tive chances.

— Ao menos ele conversa bem? — Janet inclinou-se mais para perto.

— Sim, é bastante interessante. Ele viajou um pouco e não tem ideias tão conservadoras quanto o meu pai. Discordamos em algumas coisas, mas acho que papai não sabe que ele não é uma versão sua. Se soubesse, não estaria tão cismado em nos casar.

— Ao menos algo bom... — resmungou Eloisa, pensando no quanto o Sr. Gustin, seu ex-noivo, era intragável e acreditava nas coisas mais ridículas sobre comportamento de mulheres e na falta de direitos delas.

— Fica difícil se interessar por alguém se ainda se preocupa tanto com

Lorde Garboso — brincou Janet.

— Não é nada disso! — reagiu Ruth. — Eu o vi poucas vezes nessa temporada. Nós somos amigos, conversamos sobre amenidades. E nos damos bem.

— Não precisa implicar com ela, Janet. Só porque caiu na maldição do primeiro beijo! — brincou Bertha.

— Até você? — Ruth virou-se para ela, enquanto as outras se divertiam.

— É uma maldição muito forte — disse Eloisa. — Veja tudo que me aconteceu depois que dei meu primeiro beijo com uma figura detestável!

As outras riram, comentando de seus primeiros beijos. Eloisa passara por uma decepção com o rapaz, filho de um conde, e ambos não valiam nada. Estava presa na maldição, pois, mesmo tendo ficado noiva, tinha conseguido não beijar o noivo e até hoje não beijara mais ninguém.

Bertha teve um primeiro beijo inocente com o filho do dono da hospedaria, mas seu grande beijo verdadeiro foi com Eric, então ela não caíra na maldição. Ruth fora beijada por Lorde Huntley e devia estar amaldiçoada, pois, desde então, não beijara mais ninguém, fosse por falta de oportunidades ou interesse dela.

— Convenhamos, Ruth está certa! Você beija um dos homens mais bonitos que todas já vimos e depois tem de beijar o Sr. Bagwell. Não é justo! — reclamou Eloisa e depois se inclinou para o lado, rindo.

As outras riram também; o futuro noivo de Ruth já virara motivo de piada.

— Eu fui beijada por um primo! A maldição dos primos! — contou Janet.

— E onde ele está?

— Já se casou, nunca mais tocamos no assunto!

Lydia prensou os lábios, parecendo tensa com essa história de primeiro beijo, sem poder fugir, esperando que não lembrassem dela, porém...

— Lydia, com quem foi o seu primeiro beijo? — perguntou Ruth, curiosa.

Ela ficou apertando as mãos, e Bertha estreitou os olhos. Tinha tentado arrancar dela a verdade completa, mas a amiga fugiu. Então agora nem podia ajudá-la com a história.

— Foi inesperado... — começou Lydia, encabulada.

— Conte logo! — disse Eloisa.

— Quando aconteceu? — Janet havia até se inclinado.

— Este ano — respondeu ela.

— Então você foi a última a ser beijada? — Ruth achava difícil acreditar que o fizera antes.

— Eu não estive exatamente interessada em beijos, se querem saber! — respondeu Lydia, cruzando os braços.

— Pare de nos enrolar! — pediram.

Sob os olhares atentos das outras, Lydia não conseguiu mais segurar seu segredo.

— Foi Lorde Greenwood! — confessou.

— Aaaah! — exclamaram as outras, pulando de seus assentos e tendo diversas reações de animação e interesse, todas curiosas para saber mais.

Pela manhã, todos se reencontraram no chalé de Sunbury Park e começaram a se preparar para partir. Alguns dos membros que moravam perto haviam ido na mesma carruagem.

— Não tivemos tempo de conversar muito ontem — comentou Lorde Huntley, parado próximo à fila de carruagens na estrada que dava no pórtico lateral.

— Sim, estávamos todos falando tanto. Acho que foi a animação por reunir o grupo novamente — respondeu Ruth.

— A senhorita vai voltar para a cidade agora?

— Não, ficaremos aqui. Acho que meu pai tem planos de ficar até o ano que vem.

— Ah, que surpresa. — Ele não sabia se ficava aliviado ou preocupado. Fawler podia cismar e resolver casar a filha na casa de campo.

— Por quê? O senhor vai voltar para lá? Então não nos veremos mais até o ano que vem? — Ruth já podia imaginá-lo em Londres, divertindo-se com outras.

— Eu tenho alguns assuntos para tratar. Mas voltarei.

— Por que achou que eu fosse partir? Estarei aqui, talvez volte a aceitar os convites para eventos na minha casa — disse Ruth, observando-o.

— Achei que ia para a cidade se casar — disparou Graham.

Ruth arregalou os olhos, mas logo depois franziu a testa.

— Não, não vou me casar agora!

— Mas vai se casar?

— Eu... Por que está tão interessado nessa história?

— E não posso ter interesse? Todos os outros sabem, achei, que como amigo, devia saber diretamente da senhorita.

— Então o senhor se preocupa?

— Mas é claro, se ouço uma história estranha sobre o noivado de uma amiga, eu vou... me interessar.

— Pois eu só pretendo me casar na próxima temporada.

— Então vai aceitar?

— Está praticamente acertado.

— Mas é o que deseja ou o que o seu pai quer? — insistiu ele.

Ela olhou para baixo e balançou a cabeça levemente:

— Não faz muita diferença.

Graham respirou fundo e assentiu. Viu que Greenwood já estava pronto para partir e meneou a cabeça para Ruth.

— Até breve, Srta. Wright.

Ela se virou e acompanhou sua partida a passos rápidos. Janet, que viera na carruagem com ela, chegou a tempo de ver Huntley se afastar.

— O que foi? — indagou ao ver que Ruth o olhava de longe.

— Não sei bem. Mas alguém contou a Lorde Huntley que devo me casar.

— Claro que eles contaram! — Ruth sorriu.

Graham entrou na carruagem, olhou para Ethan e disse:

— Acho que precisamos descobrir mais sobre esse tal Sr. Bagwell.

— Vamos, homem! Abra essa porta! Somos nós! — Ethan batia com a lateral da mão fechada.

— Talvez ele esteja dormindo — sugeriu o Sr. Sprout, que era educado demais para ficar aos gritos e batidas do lado de fora da porta de alguém.

— Ora essa, Sprout, não soube da última? A Srta. Wright está de casamento marcado — informou Deeds, parado ao seu lado.

O velho valete abriu a porta para o estúdio que Graham ocupava quando estava na cidade. Ele morava em um grande apartamento de solteiro perto de Picadilly; tinha dois cômodos principais, onde um era a sala e o outro, o quarto dele. E mais quatro cômodos menores: cozinha, banheiro, escritório e um quarto extra. Seus dois empregados fixos dormiam em cima, em quartos no ático.

Pelo que os outros sabiam, ele preferia viver no local, pois era filho único, nunca tinha parentes o visitando e sua mãe não vinha a Londres. Uma casa seria demais e assim ele tinha uma sensação menor de solidão. Além do mais, em seu tempo na cidade, Graham costumava passar muitas horas fora.

— Eu ainda não entendi bem. — Sprout seguiu os outros, que adentraram o local como se o estivessem invadindo.

Ethan foi à frente e arrancou Graham do quarto, puxando-o até a bacia de água.

— Não seja um covarde! Você já teve dois dias de sofrimento. Vamos voltar ao plano no qual nos obrigou a entrar — disse ao amigo, enfiando seu rosto dentro da água.

— Deixe-me, fui dormir tarde! — reclamou Graham.

— Pare de enrolar. Você não consegue beber muito!

Sprout estava um tanto chocado; ele não costumava se envolver nesse tipo de situações masculinas. E muito menos agarrava amigos e os jogava de um lado para o outro. Provavelmente, se fizessem isso com ele, desmaiaria.

— Não trema, homem. Você acaba se acostumando com esses selvagens — aconselhou Deeds, dando um tapinha no ombro dele. — Se eu consegui, você consegue também.

Graham foi jogado dentro do pequeno espaço de vestir do seu quarto, onde o valete fez o seu trabalho, devolvendo-o com a roupa impecável e o cabelo penteado.

— Você conhece o homem, Sprout! Onde ele pode estar? — perguntou Ethan.

— Eu soube de um baile para o qual ele foi convidado.

Quando eles chegaram à casa dos Southcote, o lugar estava cheio. Era um baile dançante, desses em que os músicos até eram trocados no meio e muitos casais se formavam para a grande roda de dança. As músicas em sua maioria eram animadas.

— Lorde Huntley! É um prazer revê-lo! — exclamou uma jovem.

— É ótimo saber que está na cidade — derreteu-se outra.

— É uma felicidade vê-lo em boa saúde! — saudou mais uma, com um sorriso maior do que o recomendado pelo decoro.

Eles seguiram pelo meio dos convidados, com Huntley sendo cumprimentado a cada passo que dava, e Greenwood sendo quase interrogado algumas vezes. Pelo que todos sabiam, esse ano era ele quem estava atrás de uma noiva e era urgente. Portanto, não podia chegar a lugar algum sem chamar atenção. E por que Lorde Huntley também não estava atrás de uma esposa? Tinha de estar, era jovem, rico e com um título para passar, ele *necessitava* de uma esposa.

— Repare que nem enxergam que estamos juntos — disse Pança, atrás deles.

— É bom quando não queremos casar — concordou Sprout.

Huntley estava com o semblante fechado e não parecia nada disposto, mas, pelo que parecia, sua seriedade só o deixava mais atraente, pois moças não paravam de falar com ele. Assim como as mães e as tias delas.

— Está vendo por que Deus acerta nas decisões que toma? — comentou Deeds, ao retornar para perto dele. — Eu jamais poderia ter essa aparência.

Não teria um pingo de humildade em meu ser. Admiro o caráter de vocês. Por isso que gosto de doces, mantêm meu bom comportamento.

— Ele não está aqui! — anunciou Sprout. — Deve estar atrás da Srta. Wright, pois ela também não chegou.

— Maldito enganador! — Huntley se virou e partiu para a porta.

Eles chegaram ao seu local de encontro, o Daring Assembly, um clube que todos os rapazes do grupo iam e podiam trocar segredos sem ser incomodados. Sentaram na mesa usual no canto direito e, logo depois, Glenfall os encontrou. Ele também estava envolvido na história, pois disse que tinha como conseguir mais informações.

— E então, conseguiu confirmar? — perguntou Graham.

— Sim. — Lorde Vela se inclinou sobre a mesa. — Sabem que tenho alguns amigos que estão no meio artístico e conhecem muitas pessoas.

Os outros assentiram. Atualmente, todos os rapazes do grupo de Devon já sabiam do grande segredo de Lorde Vela e o guardavam com suas vidas. Era melhor que as pessoas não soubessem, seria uma mancha em sua reputação. Era muito pessoal e, até o momento, as damas do grupo ainda não haviam descoberto.

— Um deles conhece a moça com quem esse senhor se relaciona. E isso já acontece há pelo menos dois anos. Mas há algo mais.

Ele bebeu um gole de Borgonha antes de continuar.

— A dama teve um bebê — anunciou.

— O quê? — exclamou mais de um dos rapazes.

— Mas quando? — perguntou Graham.

— Há poucos meses.

— Mas que salafrário! — exclamou Ethan.

— Ter um filho não combina muito com suas recentes dificuldades financeiras, das quais o pai o salvou — comentou Sprout.

— E ele vai abandonar os dois para se casar? — Graham estava entre revoltado e horrorizado, mesmo que tal ato não fosse nenhuma novidade na sociedade. A nobreza vivia de bastardos.

— Ele não vai abandonar a amante — disse Glenfall. — Tem uma casa onde sempre vai vê-la.

— E o pai dela compactua com isso? — Deeds parecia enojado. — Ou será que não sabe?

— Eu não vou deixar que ele a humilhe e gaste todo o seu dote com seu descontrole — decretou Graham. — Vamos precisar da ajuda das outras!

Eles continuaram em volta da mesa, ajudando o amigo em mais uma parte do seu plano. Assim que soube que Ruth iria se casar, Graham resolveu descobrir quem era esse tal Sr. Bagwell. E como fofoca era uma arte muito bem organizada na sociedade, ele desencavou diversos rumores sobre o rapaz. Bagwell ainda era jovem, só uns 3 anos mais velho do que a média dos rapazes do grupo de Devon.

No entanto, parecia ter usado seu tempo de libertinagem de forma mais proveitosa. Teve vários casos e tomou uma amante fixa há cerca de dois anos. Também investiu mal e teve um contratempo financeiro do qual o pai teve de tirá-lo. Mas sua situação financeira ainda não era nada estável. Um dote substancial como o de Ruth o ajudaria muito. Ele tinha certos gastos inexplicáveis, apesar de não ser visto com frequência nos inferninhos de jogatina da cidade.

Não era fiel nem à sua amante. E agora Lorde Vela descobrira que a moça havia tido um bebê. Era com essa figura que Ruth teria de passar o resto da vida? A quem deveria dar respeito e de quem dependeria? Ela sairia de baixo das asas de um pai que não parava de podá-la direto para as mãos de um vigarista traidor. Estavam em 1818, uma jovem na situação dela, com recursos e família, não precisava mais ser forçada a isso. Havia acordos muito mais vantajosos para um casamento, seu pai deveria enxergar isso.

Huntley estava a ponto de ver a parte de cima de sua cabeça explodir só de pensar nessas coisas.

E mesmo os outros, que não tinham sentimentos dúbios por ela, apenas amizade, não pretendiam deixar que ela entrasse numa enrascada dessa sem saber de nada. Tinham muito apreço pela Srta. Wright e lamentavam que ela estivesse nessa situação. Ruth até andou elogiando o homem, disse que ele era amigável e correto. Era exatamente o que o pai dela dizia. E duas palavras que não bastavam de forma alguma para escolher um marido.

No final da manhã, Janet, a Srta. Amável, e Lydia, a Srta. Esquentadinha, aguardavam junto à carruagem. Era um par de amigas que ninguém diria que daria certo, mas era um daqueles casos de uma pessoa complementar a outra. Era muito do que acontecia no grupo deles, em que um se encaixava no outro.

— Isso é um absurdo! É 1818 e ainda temos de aguentar desmandos sobre com quem nos casamos ou não! — dizia Lydia, revoltada.

— Fale baixo! Ela está vindo — pediu Janet, apertando seu braço.

— E se ela se rebelar? O que o pai dela vai fazer? Arrastá-la para o casamento?

— Acho que ela se conformou sob o domínio de Lorde Fawler. Meu pai não faria isso, mas, se ele fosse como o visconde, irascível e colérico, e eu tivesse sido criada assim, não sei como faria. — Janet olhou para ver se dava tempo de continuar e disse baixo, num lamento: — Talvez ela tenha medo.

— A rebelião pode ser despertada — declarou Lydia, com um olhar decidido. Janet lhe deu uma cotovelada, pois não estavam mais sozinhas.

Ruth descia as escadas da casa enquanto as duas aguardavam. Estavam um tanto desfalcadas nessa temporada, pois Bertha estava grávida de seu primeiro bebê com Eric e retornara ao campo, e Eloisa nem sempre estava disponível, além disso, seus amigos de infância estavam na cidade e, aparentemente, ela estava saindo em passeios com o futuro duque de Betancourt, mais conhecido no grupo pelo apelido de Herói de Guerra.

— Fiquei feliz quando recebi o convite para lancharmos fora! Estou enlouquecendo dentro de casa. Meu pai parece achar que, agora que me arranjou um casamento, não preciso mais ir a eventos nem sair de casa — contou Ruth.

Janet lançou um olhar para Lydia, para ela não abrir a boca ainda.

— Que lástima — disse a Srta. Amável, tentando parecer sincera.

A carruagem seguiu em direção ao Gunter's e, quando estavam longe o suficiente, Lydia olhou para a amiga.

— Por que está se sujeitando a isso, Ruth? Seu pai virou um grande tirano e agora sequer pode sair para se divertir conosco?

— Bem, ele deixou, quando eu disse que seríamos apenas nós três. Lena intercedeu por mim.

— Ele está cada dia pior! — reagiu Lydia.

— Se o Sr. Bagwell não estiver junto, ele pensa que é desnecessário que uma jovem saia sem o noivo. Para isso que existe um noivo. E logo os proclamas vão correr. Estou um pouco fora de mim. Não sei mais o que fazer para adiar.

As duas olharam para ela, aflitas por verem a amiga nessa situação, e Ruth continuou desabafando:

— Meu pai soube de tudo que fizemos nos bailes, lanches diurnos e na caça ao tesouro. Sabem como ele é antiquado. Ele até brigou com a esposa por sua participação nisso, algo que nunca havia feito. Ficou tão irado que parecia fora de si. A teimosia o dominou. Foi quando iniciou essa missão de me casar e salvar minha reputação, quando, na verdade, ninguém falou de mim especificamente. Desde então, Lena não quer mais saber dele e até... — Ela baixou o tom, para contar essa parte íntima. — Deixou o quarto deles e mudou-se para um só dela. E por isso, ele está cada dia mais intratável.

Elas desceram da carruagem e conseguiram uma mesa para comer bolo e sorvete. Pouco depois, o Sr. Sprout apareceu e fingiu surpresa ao vê-las. E foi convidado para juntar-se a elas.

— Agora, tenho a sensação de que ele acha que, me casando, eu irei morar em minha própria casa e o casamento dele voltará ao normal. E sua própria esposa não transitará mais no meio de tantos rapazes, pois não terá motivos para fazer eventos. Ele é ciumento e está pior por ela não o querer mais. E, no meio disso, eu sou a mais prejudicada.

— Mas sua reputação continua intacta — disse Janet.

Elas terminaram seus pedaços de bolo, e Ruth nem percebeu quando olharam o relógio que o Sr. Sprout mostrou.

— Ruth, antes que entre em mais uma enrascada, precisa saber de algo — anunciou Lydia.

— O Sr. Bagwell tem certos segredos — continuou Janet.

— O que vocês aprontaram?

— Conte a ela — pediu Lydia.

— É verdade, nossas famílias se conhecem. E sei que ele tem problemas financeiros, certo gosto por gastos excessivos e... — Sprout sussurrou o resto: — Mulheres. Muitas damas à sua volta. Mas há uma em especial.

— O quê? — Ruth ficou pálida.

— Amantes! — esclareceu Lydia, em tom normal. — O homem não pode ver um rabo de saia! Aliás, levanta muito mais saias do que podemos imaginar!

— Lydia! — ralhou Janet.

— E isso porque ele nem chega perto de ser um exemplo de beleza, imagina se fosse! — continuou ela, irredutível.

— Onde está Bertha quando precisamos dela? — Janet olhou para cima.

— Vamos! — Lydia ficou de pé.

— Para onde? — Ruth também se levantou e a seguiu.

Os quatro entraram na carruagem e seguiram para o norte de Londres, lado para onde só costumavam ir se tinham algum evento marcado.

— Meu noivo tem uma amante? — Ruth ainda estava tentando entender.

— Uma fixa — confirmou Janet.

Enquanto o veículo seguia, Ruth achava até que as amigas tinham arrumado sua fuga. Ou que pretendiam cometer alguma grande traquinagem. Pelo caminho que tomaram, pensou que parariam na casa do Sr. Bagwell e que entrariam lá e o confrontariam. Com Lydia junto, não duvidava da possibilidade. Porém, seguiram adiante.

A portinha abriu e as outras saíram, mas, quando Ruth desceu, deu de cara com Lorde Huntley.

— Você está envolvido nisso?

— Perdoe-me, Ruth, mas tinha de fazê-lo. Se, depois de tudo, resolver seguir com isso, quero que tome sua decisão sabendo a verdade.

— Qual verdade?

— Eu sei que muitas pessoas não são fiéis, sei que casamentos são... bem, ainda são acordos. Porém, até acordos deveriam ser vantajosos para ambas as partes. E você será enganada e despachada para enfrentar algo sem saber de nada.

— Graham! — disse ela, usando seu nome e um tom mais alto. — O que está escondendo de mim?

Para completar a trama, Lorde Greenwood dobrou a esquina e apareceu perto deles.

— Ele está aqui — avisou.

Logo depois, Graham segurou a mão de Ruth, e eles seguiram Lydia, que ia à frente com seu andar decidido. Lydia pulou os degraus e usou a aldrava da porta com muita força. Os outros estavam por perto, mas, quando a porta abriu, foram Ruth e Lydia que entraram, com Janet atrás delas.

— Olha só quem encontramos aqui! O noivo! — anunciou Lydia.

O Sr. Bagwell estava na sala, sentado próximo a uma mulher loira e jovem que segurava um bebê. O empregado da casa estava de olhos arregalados, pois nem soube o que fazer quando as três moças quase passaram por cima dele assim que abriu a porta.

— Ruth! — Bagwell pulou de pé.

— Você tem uma casa com outra família! — exclamou ela.

— Não! Não é isso!

— É isso sim — confirmou a moça, ficando de pé também.

Bagwell se virou para ela.

— Fique quieta!

— Deixe-a falar! Ela é a mãe do seu filho! — exigiu Ruth, aproximando-se. — Você tem frequentado minha casa, junto com seu pai. Tem dito que me respeita e que promete que teremos um bom acerto! E já tem um filho!

— São coisas que aconteceram antes do casamento.

— Seu cafajeste! — Ruth deu um tapa no rosto dele, fazendo-o cair sentado no sofá.

Pouco depois, as três saíram da casa, e Bagwell veio rapidamente atrás.

— Coisas do passado não dizem respeito ao nosso futuro casamento!

— Como posso me casar com alguém que mente para mim desde o primeiro momento?

— Deve entender que a vida de um homem antes do casamento não deve influir em nada...

— Aos infernos! Diga que não está falido, usando dinheiro do seu pai!

— Meus problemas financeiros não serão discutidos na...

Quando ele tentou pegar o braço dela, foi afastado bruscamente, e só então se deu conta de que seis daqueles amigos dela, incluindo as duas moças que entraram na casa, estavam bem ali para protegê-la. E se ela descobriu tudo tão subitamente, Bagwell nem precisava ser esperto para saber que aquele grupo estava envolvido.

— Diga a verdade! — exigiu ela. — Você é um falido traidor e armou tudo com o seu pai!

Ele olhou os homens, Huntley o tinha afastado dela e as moças o olhavam com asco.

— Sprout! Você fez parte disso? — gritou ele e quase a esqueceu para avançar na direção dele.

— Vai culpar os outros pelo que você fez? — perguntou ela.

Sprout foi para o lado de Deeds, mas Huntley empurrou Bagwell, impedindo que ele fosse atacar o rapaz.

— Eu já lhe disse que nada disso lhe diz respeito! — Ele virou sua atenção para Ruth.

— Você tem uma amante e um filho! — acusou ela.

— Seriam coisas do passado!

— E ainda por cima ia abandonar uma criança?

— Não seja tola.

— Ei! Tenha respeito! — Huntley o empurrou para longe dela. — Você ia largar um filho sem meios?

— Sua garota bo... — começou Bagwell, mas levou um soco na boca, cambaleou para trás e não pôde completar a frase.

— Respeito! — lembrou Huntley. — Já não basta tudo que fez?

— Vou contar tudo, seu crápula! — Ruth sentiu as lágrimas de humilhação e se virou, indo rapidamente para a carruagem.

Bagwell cuspiu sangue e cruzou os braços.

— Não fará isso, eu a proíbo. Já somos noivos! E se o fizer, será pior para você!

Dessa vez, quem agiu mais rápido pela revolta foi uma das amigas de Ruth.

— Não vai proibir nada! — Lydia o empurrou com tanta força que ele caiu sentado nos degraus. — Seu patife! Porco imundo!

Antes que ela sapateasse em cima dele, Greenwood a pegou e a levou para a carruagem em que viera.

— Não vá atrás dela — avisou Graham, quando Bagwell ficou de pé como se fosse partir também.

— Eu sou seu noivo!

— E vai ser um homem morto se eu o vir perto da casa dela! — avisou Graham.

— Por favor, cavalheiros. Não tenho coração para ameaças de morte! — pediu Deeds, já correndo para a carruagem como se estivessem todos fugindo depois de armar aquele escândalo. Sorte que era um bairro afastado de onde as pessoas do seu círculo social frequentavam.

Bagwell voltou rapidamente para dentro da casa, e eles entraram nas carruagens em segundos e partiram. Porém, antes de chegarem ao seu destino, a carruagem com as damas e Sprout fez um desvio e tomou o caminho da Park Lane, em frente ao Hyde Park, e parou. Assim que os rapazes pararam atrás, os três desceram, deixando Ruth lá dentro.

— O que aconteceu? — Graham desceu rapidamente.

— Ela já sabe que você começou tudo — avisou Janet. — Tem de falar antes que ela chegue em casa.

Quando Graham entrou na carruagem, Ruth estava lá dentro, apertando o lenço que usou para secar as lágrimas.

— Desculpe-me, eu não queria lhe causar sofrimento — disse ele, ao sentar-se no banco em frente.

— Não é você que deve me pedir desculpas.

— Está esperando desculpas daquele seu...

— Não. — Ela fungou e cruzou os braços. — E estou chorando de humilhação, não por ele.

— Eu sinto muito.

— De verdade?

— Sim, odeio vê-la triste.

— Vocês todos sabiam disso há muito tempo e têm guardado segredo enquanto sou feita de boba?

Ele demorou um momento para responder, pensando em como colocar aquilo de forma sutil.

— Pare de me poupar!

— Não preciso ser insensível para lhe dizer a verdade, Ruth. Estou pensando em um jeito de não soar tão culpado na história.

— E por que você seria culpado se não me fez nada?

— Assim que soube da confirmação do seu noivado, resolvi investigar esse tal Sr. Bagwell. Achei que os pais das moças já faziam isso antes de lhes arranjar um casamento. Eles deviam fazer.

Ruth sentiu seu rosto esquentar quando ele mencionou que pensava ser o pai o responsável por conhecer melhor o pretendente com quem ele mesmo exigiu que a filha se casasse. Mas agora, Ruth já desconfiava de algo sobre toda essa história.

— Talvez não fosse minha obrigação fazer isso, mas somos amigos. E se eu fosse ignorante em uma história dessas, apreciaria que algum amigo se desse a esse trabalho por uma irmã minha.

— O senhor me considera tanto quanto a uma irmã? — perguntou ela, com um sentimento misto em relação a tal ideia.

Graham prensou os olhos, culpado por seus sentimentos por ela não serem puros como seriam por uma irmã. Mas, no fundo do seu coração, ele fez tudo pensando no seu bem. Seu coração sabia muito bem que ele faria qualquer coisa por ela, como um homem que ainda guarda amor.

— Eu a considero muito. E, quando descobri tudo, não consegui me conter. Pedi ajuda às senhoritas, pois sabia que acreditaria nelas.

— Eu também acreditaria se houvesse me dito.

— Achei que soaria estranho se fosse eu a ir lhe dizer que seu noivo é um crápula que não lhe servirá de nada e a fará infeliz.

— E por quê? Eu confio em você.

Ele fez mais uma pausa, mas acabou dizendo:

— Nosso histórico. O breve envolvimento que tivemos.

Ruth já pensava que ele nem se lembrava ou que havia achado tão pouco que não se importou com o que tiveram, como se fosse só mais um dos vários beijos que ele devia ter dado.

— Achei que o melhor jeito era lhe mostrar e não apenas lhe contar — continuou. — Provas sempre são melhores.

— Eu concordo, mas, daqui para a frente, saiba que acredito no que diz. Obrigada pelo seu esforço.

Graham assentiu e ia deixar a carruagem, mas parou e a olhou:

— O que pretende fazer?

— O que acha? Eu não quero me casar com ele! E frente a isso, espero que meu pai abandone essa ideia.

CAPÍTULO 9

Ruth entrou em casa e, pelo tempo que ficou fora, sabia que iriam notar sua ausência, pois, ultimamente, suas saídas não planejadas haviam virado uma dor de cabeça. Mas ela queria saber o que o pai teria a dizer sobre isso. Suas amigas ofereceram-se para acompanhá-la e ser o seu apoio. Porém, ela disse que, para tratar com o pai, era melhor que estivesse sozinha.

— Se eu precisar do seu apoio em algo sério, poderá me ajudar? — perguntou à madrasta.

Lena já a havia defendido, inclusive um dos motivos para seus desentendimentos com o marido era discordar de suas ações sobre a filha. Ela não ia dizer à enteada que ia além disso, que havia particularidades do casal envolvidas, mas tudo se tornara um pacote. E Ruth nunca havia lhe pedido para ajudá-la ou defendê-la.

— Você esteve chorando. — Ela se aproximou e tocou seu rosto. — Deve ter sido muito sério. Diga-me. Eu a ajudarei — prometeu Lena.

— Eu não vou me casar.

— O que aconteceu agora?

— Não posso mais obedecer ao meu pai nisso. Eu não sabia como me livrar do compromisso, estava cansada das exigências e gritos, e comecei a pensar que ir embora seria melhor. Achei que estava realmente atrapalhando-os e que brigaram por minha causa.

— Não foi isso, não se culpe por algo que não tem controle. As últimas decisões dele foram apenas a gota d'água. Eu tenho me sentido enganada, como se um outro lado da personalidade dele tivesse aparecido de repente. E foi isso e o jeito como também tem me tratado que nos afastou. Não foi você.

Ruth assentiu, com algumas de suas suspeitas confirmadas. Mesmo sutilmente, sua madrasta não lhe contava de sua vida conjugal com o pai dela, então era uma novidade.

— Disse que iria tomar chá com duas amigas, Ruth. Já está anoitecendo, por onde andou? — indagou Lorde Fawler ao sair do seu escritório. Para azar dela, ele passou o dia em casa.

— Fui até a casa onde meu futuro marido mantém uma amante com um filho e onde deve gastar parte do dinheiro que o pai lhe deu, já que está falido — informou ela.

Lorde Fawler se engasgou e teve de tossir várias vezes, se dobrando enquanto assimilava o que a filha acabara de dizer.

— Ruth! — rugiu o pai, depois de se recuperar. — De onde tirou esses absurdos?

— Ele também disse que pretendia abandonar o filho! Mas ao mesmo tempo me chamou de tola! E disse que o que fazia não era da minha conta, dando a entender que não abandonaria a amante.

— Pare de dizer essas...

— As amantes, pois todos os meus amigos sabem que ele tem várias.

— Ruth, venha até aqui — chamou o lorde.

— Eu estou perto o suficiente para me escutar, papai.

— Você foi até lá? Então mentiu para mim? Quem lhe permitiu ir...

— Eu comi bolo com minhas amigas antes de ir até lá. Estava de barriga cheia, não precisa se preocupar com isso.

— Você foi até lá sozinha? — Ele chegava a estar com os olhos saltados.

— Não, pai. Minha humilhação foi presenciada por vários dos meus amigos e pela mãe do filho do Sr. Bagwell.

Lena estava tão chocada que nem conseguia falar nada, até que Ruth resolveu isso ao dizer:

— Você sabia de tudo, pai. Conhece o pai dele, com certeza deve saber que meu noivo andou precisando de dinheiro. Mas eles são seus primos, então pensei... De onde poderia ter vindo o dinheiro para o pai dele salvar o filho? Pois, apesar de serem da família Wright, eles são de um ramo distante. Não tem todo esse dinheiro.

— Ruth, veja bem o que vai dizer.

— Você lhes deu dinheiro! — acusou ela.

— Você está proibida de sair dessa casa!

— Nunca pensei que fosse me decepcionar tanto. Você sabia de tudo e ainda arrumou o meu casamento com ele! Eu fui enganada, enquanto ele me enrolava, sendo amigável comigo, prometendo que nos daríamos bem e teríamos uma boa vida! Você ia pagar pela nossa vida depois que ele gastasse todo o meu dote?

— Se você não calar a boca e parar de me desrespeitar agora, não vai ter dote algum! — ameaçou ele.

Lena foi consolar Ruth e agora queria chorar de raiva e decepção.

— Isso tudo é verdade? — Lady Fawler perguntou ao marido.

— Não se envolva nisso!

— Como não vou me envolver? Estou cansada de ouvir isso de você! — reagiu ela. — Desde que colocou nessa sua cabeça dura que precisava salvar sua filha! Não a está salvando, está condenando! — Ela puxou Ruth pela mão. — Vamos, querida, já se desgastou muito por hoje.

— Nós não terminamos esse assunto.

— Terminamos sim — disse Lena. — Ela tomou uma decisão. E você vai respeitá-la!

— Se quiser que eu me case com aquele homem, terá de passar pela vergonha de me arrastar pelos cabelos para dentro da igreja. E lá eu direi não. Decida o que é pior para minha reputação, pai: desfazer um noivado ou passar por esse escândalo.

Lorde Fawler levou um dia para tomar sua decisão, e Ruth não saiu do quarto nesse espaço de tempo. Ele quebrou o compromisso que tinha firmado com o Sr. Bagwell e o pai dele. Tentaram manter tudo entre eles, mas logo as pessoas saberiam do noivado rompido com um casamento já marcado. Como sempre, não pegava bem para uma jovem dama da sociedade passar por isso. Ela ficaria com essa “falha” no seu histórico.

Porém, Ruth não estava disposta a ficar quieta e agir discretamente como sempre fez a vida toda. Seu pai lhe proibiu de sair, mas ela não se importava. Não queria ir para a rua, estava se sentindo humilhada demais. Ela queria ir embora para sua casa no campo. Era isso que moças faziam quando passavam por situações constrangedoras e potencialmente escandalosas: elas se retiravam. E Ruth queria tirar proveito disso.

— Já teve o que queria! Seu noivado rompido e seu nome arrastado na lama — disse o pai. — Fico feliz que goste de nós e tenha muito apreço pelo seu irmão, pois ficará anos conosco antes de talvez conseguir um casamento. Não sei o que posso fazer para ajudá-la, Ruth.

Lorde Fawler andava de um lado para o outro. Ruth estava brincando com seu irmão de 4 anos, que nem podia imaginar toda a confusão que se passava.

— Você age como se eu fosse a culpada. Você sabia de tudo e mesmo assim...

— Eu não sabia tudo. Não sabia do filho e da amante. Achei que ela havia sido um caso passageiro, o pai dele me assegurou. Mas se é adulta como sempre me lembra e tem tantas amigas, algumas até casadas, deve saber que... — O lorde baixou o tom. — É uma lástima sua mãe ter partido antes de poder lhe dizer isso. Homens têm divertimentos na rua. Eles jogam e frequentam locais que damas de boa família não podem ir. E têm amantes.

— Você faz isso, papai?

— Eu nunca traí a sua mãe! Estou lhe dizendo a verdade.

— E a mim, Milo? É nisso que continua acreditando? — perguntou Lena, pegando-o no flagra no meio da explicação desajeitada.

Milo estacou e ajeitou a postura imediatamente.

— Isso não é da minha natureza — assegurou ele. — Não muda o fato de que é a verdade. Se todos os casamentos da sociedade fossem impedidos por causa de amantes que esses homens mantêm, então quase não teríamos uniões.

— É bom que admita que nem todos precisam fazer isso. Afinal, ninguém os está obrigando a serem infiéis e enganadores. Ainda bem que gosta muito de mim, pois ficarei em casa, já que me recuso a ser humilhada dessa forma. — Ruth deixou o cômodo, para ir se trocar, pois, seu pai querendo ou não, ela ia aprontar uma.

Quando Ruth o convocou, Graham não soube o que esperar. Porém, ele queria muito vê-la. Precisava saber como estava e, dado o momento e a situação na casa dela, não podia ir até lá bater e pedir para vê-la. Teve de recorrer às moças do grupo, que lhe mandavam bilhetes.

— Não sei se estou entendendo bem o que me pediu — disse Graham.

Os dois estavam escondidos perto de umas árvores no Hyde Park, enquanto Lydia sentara em uma toalha de piquenique junto com Lorde Deeds. Ele dizia que sempre estava de alcoviteiro, não conseguia escapar. Os dois eram companhias e vigiavam os arredores.

— Você disse que tem tanta consideração por mim como teria com uma irmã.

Ele assentiu, pois essa declaração não era inteiramente sincera. A parte da "irmã" estava bastante fora da realidade.

— Eu não a vejo como uma irmã, Ruth.

— Bom! Quero dizer... Mas me faria um grande favor.

— Claro que sim.

— Você começou o plano que desmascarou aquele enganador.

— Sim.

— Comece outro plano por mim. Quero me vingar.

— Ruth...

— Eu gosto como usa meu nome, é ousado. — Ela abriu um leve sorriso.

— Está me confundindo.

Ela assentiu e voltou a se concentrar.

— Era tudo verdade. Porém, enquanto sairei com a reputação manchada por um noivado desfeito dessa forma abrupta, ele nada sofrerá. E sei que está em busca de uma esposa e usando sua associação com minha família para parecer atraente. Dizem que são primos do visconde de Fawler, mas esquecem de mencionar que é um parentesco distante. Bem distante.

— Você está me pedindo para fazer algo com ele?

— Sim, estou. Você conhece todos esses lordes, com todas essas irmãs. E junto com todo o nosso grupo, formam uma rede enorme dentro da nobreza. Chegam até às filhas de comerciantes ricos, que poderiam ser ludibriados pela suposta relação dele com a nobreza.

— Eu não esperava isso de você, Ruth — declarou ele, com um leve sorriso.

— Claro, a Srta. Wright só gosta de festas, tem um pai rígido e uma madrasta que é uma borboleta social. Todos me acham inofensiva. Eu sou, não faço mal a ninguém. Mas, dessa vez, quero ao menos que seja pago na mesma moeda. Ajude-me a espalhar para todo mundo que ele é um falido, gasta demais e tem um filho bastardo. E que ele quis abandonar o filho. Mas, ao mesmo tempo, disse que não abandonaria a amante ao se casar. Dúbio assim. E saiba que o dinheiro que o pai dele usou para cobrir as dívidas foi dado pelo meu pai. Não quero vê-lo enganar outra herdeira em um futuro próximo. Ele devia se casar com aquela moça que engravidou.

Graham estava sorrindo para ela.

— Eu nunca pensei que me sentiria atraído por uma dama planejando sua grande vingança! Vou ajudá-la em seu plano.

Eles voltaram para perto de Deeds e Lydia, para iniciar o plano, mesmo que Ruth estivesse confusa com o que ele falou. Os outros aceitaram participar, afinal, ninguém estaria mentindo.

Quanto a Lorde Fawler, Ruth achava que o pai já estava sendo castigado. Ele gostava da esposa de verdade, porém, havia afastado-a ainda mais. Estava perdido, sem saber como reconquistá-la.

Apesar de seu plano estar indo melhor do que ela esperava, graças à participação completa do grupo de Devon e das pessoas relacionadas a eles, Ruth continuava sem sair de casa. Soube do que estavam falando por suas costas e, quanto mais as pessoas descobriam, mas humilhada ela se sentia.

Mesmo com as amigas vindo lhe dizer que ela havia era se livrado de um patife sem honra e que estava muito melhor do que ele, Ruth estava magoada com o pai e vivia triste. Também se sentia sufocada naquela casa, onde o clima familiar estava péssimo. Então pediu para ir embora da cidade. Dessa vez, seu pai fez sua vontade sem discutir nem falar nada sobre ela ir ficar sozinha no campo.

Algumas semanas depois

— A senhorita tem uma visita — avisou a governanta. — Lorde Huntley a aguarda no jardim. Devo mandá-lo esperar ou dizer para voltar em outro...

— Eu vou até lá! — disse Ruth, levantando-se. — Peça-lhe para aguardar.

Ela foi se trocar rapidamente, colocou um leve vestido de passeio, com fundo esverdeado e adoráveis mangas bufantes. Era novo, sequer chegou a usá-lo em Londres.

— Huntley! O que faz por aqui? — Ela se aproximou.

Ele esteve sentado no banco do jardim e ficou de pé rapidamente. Ruth sentiu o coração acelerar; não era incomum de acontecer ao vê-lo. Mas a surpresa tornou mais forte, realmente não estava esperando por essa visita.

— Eu cheguei à minha casa ontem e resolvi que queria vê-la pessoalmente.

Ruth lhe ofereceu as mãos nuas, e ele as segurou, abrindo um sorriso ao vê-la com uma aparência boa. Esteve preocupado com ela estar sozinha ali.

— Voltou mais cedo? — indagou ela.

— Sim, tinha assuntos para tratar aqui.

— Eram urgentes?

— Tenho um administrador, porém, não há ninguém além de mim para tomar decisões.

Ruth sorriu e percebeu que ele ainda segurava suas mãos.

— Fico feliz em vê-lo! Pode ficar por um momento ou está de passagem?

— Vim especialmente para visitá-la.

O sorriso dela abriu ainda mais.

— Que gentil da sua parte.

Ela se sentou no banco onde ele esteve esperando.

— Tomei a liberdade de pedir limonada e biscoitos para o jardim. Se puder ficar, um pouco de ar puro não me faria mal.

— Gostaria de um breve passeio para aproveitar o dia limpo? — ofereceu ele.

— Juro que não foi uma indireta para me convidar.

Graham ficou de pé e lhe ofereceu o braço.

— Ficarei feliz em lhe acompanhar.

Ela aceitou o braço, desceram os degraus, caminhando para dar a volta na casa e iniciar seu passeio; o jardim onde o lanche seria servido era na parte de trás.

— Então precisa de uma grande reforma? — perguntou ela, quando ele lhe disse um dos motivos de estar de volta.

— Não mais, a parte estrutural terminou no ano passado.

Falar da casa era um jeito de ele não lhe dizer que voltou por ela, pois estava ali sozinha e ele queria muito vê-la. Era melhor deixar para revelar isso em um próximo encontro. Ruth parecia muito interessada em sua reforma, com certeza preferia que falassem disso em vez de tocar no assunto de seu noivado desfeito.

— Olhe, trouxeram os biscoitos! Não vai acreditar em como ficaram bons! — Ela se inclinou para ele, como se fosse contar um segredo. — Mandei trocar as receitas e colocar só o que eu gosto. É a parte boa de estar sozinha aqui.

Graham sorriu enquanto a levava para a mesa, para comerem só os biscoitos que ela gostava. Ele tinha certeza de que também virariam seus preferidos.

CAPÍTULO 10

Duas semanas depois

Graham desmontou já no jardim traseiro da casa, pois agora ele já sabia todos os atalhos para chegar até a mansão dos Wright. Ruth nem se deu ao trabalho de esperar dentro da casa. Em seus cálculos, esta tarde, ele com certeza viria, pois esteve fora por dois dias. E ela mal podia esperar.

— Você voltou! — exclamou ela, saindo da sombra da árvore onde o banco que gostava ficava localizado.

— Foi só um contratempo — disse ele, deixando o cavalariço cuidar do seu belo cavalo castanho.

— Bem, eu não iria a lugar nenhum — respondeu ela, estendendo a mão.

Graham gostava que ela sempre oferecia a mão quando ele chegava e nunca estava usando luvas. Queria lhe fazer companhia, sem ser excessivo, porém, da terceira vez que passou por lá, percebeu que ela realmente queria vê-lo e que não dizia, mas sentia-se sozinha ali. Não pôde mais deixar de ir. Aparecia dia sim, dia não.

Se pudesse e não parecesse demais, iria todos os dias. Mas tinha que se lembrar de seus afazeres e havia mesmo uma reforma em sua casa. E quando ia até a casa dos Wright, perdia metade do dia. Ao retornar para casa, já não havia luz do dia. Mas, enquanto ela quisesse vê-lo, ele retornaria.

— Eu não abandonaria os biscoitos — falou ele, abrindo um sorriso.

Ruth ficou feliz, ela adorava vê-lo sorrindo novamente. Ele parecia mais suave e divertido desde que chegou ali. Talvez o campo lhe fizesse bem, ou quem sabe estivesse contente com outros acontecimentos de sua vida. Eles não estavam falando muito de pessoas de fora dali, além de seus amigos, com quem trocavam cartas. Ela imaginava se ele não lhe dizia nada, para não a chatear. Afinal, ele saía dali e ia a outros locais, mas Ruth não deixara a propriedade desde que viera de Londres, há mais de um mês.

— Eu sabia que algo o estava trazendo de volta! Quer se sentar aqui?

— Não, vamos cavalgar hoje. Tem de sair um pouco desse lugar!

— Vai me acompanhar para fora daqui?

— Não pode?

— Não prometi nada sobre isso.

Ele lhe lançou um olhar divertido e se inclinou para perguntar:

— Acha que a governanta mandará um bilhete urgente para o seu pai? — Seu tom de conspiração a divertiu.

— Acho que ela já teria avisado que um dos meus amigos vem até aqui.

— Então vamos! Vou devolvê-la inteira. Bem... ao menos num pedaço só!

Ela ficou animada com o convite e foi correndo se trocar. Voltou com um traje de montaria azul que Graham observou por um momento, notando o forte contraste com o avermelhado do cabelo dela sob o sol. Ele a ajudou a montar e saíram em direção ao sul da propriedade, cavalgando pela grama e não pela estrada.

— Vamos devagar! — pediu ela, puxando as rédeas. Estava tão corada que rivalizava com o que dava para ver do seu cabelo por baixo do chapéu. — Não me exercito há um tempo. Acho que estou enferrujada.

— Claro que está! — implicou ele. — Se me alcançar até aquela linha de árvores, estará curada! — disse ele, apontando e instigando o cavalo.

O grupo de árvores que proporcionava sombra suficiente para eles e para os cavalos ficava sobre uma elevação sutil do terreno, não chegava a ser uma colina, mas era suficiente para lhes dar uma vista privilegiada. Ruth bateu os calcanhares, apressando sua montaria a chegar às árvores, recusando-se a ficar muito atrás.

— Acho que preciso voltar a cavalgar. Na cidade, eu saía pouco e aqui não tenho sentido vontade de caminhar sozinha — lamentou-se Ruth e se sobressaltou quando ele a segurou pela cintura e a tirou de cima do cavalo.

Ela lembrava de como tinha sido boba, ficou paralisada quando isso aconteceu pela primeira vez e deu-se conta de que fazia muito tempo. Dessa vez, já nem a surpreendeu, foi diferente, Ruth gostava da sensação das mãos dele apertando sua cintura.

— Se precisar de companhia, estou sempre disposto a uma volta a cavalo ou uma caminhada pelo campo.

— Você é muito ativo, Graham — observou ela, enquanto retirava as luvas de montaria e as guardava nos bolsos da saia. — Sabia que falam isso de você e seus amigos?

— Tenho o privilégio de dizer que há vários amigos em minha vida.

— Pois somos nós que dizemos isso pelas suas costas e espalhamos para os outros. Você, Bourne e Greenwood têm formiga nas calças! Nunca param quietos num lugar! Agora todos sabem disso!

Graham riu, inclinando-se um pouco, divertindo-se com o tom dela que juntava acusação e piada.

— Isso é uma injustiça, não somos os únicos. Aliás, os outros nos acompanham.

— Nem sempre! — Ela movia as mãos, dramatizando a história. — Veja, um torneio de espadas do século passado! E lá estão vocês! Olhe! Uma corrida de cavalos! Certamente estarão lá! Veja só, outra corrida, agora com cabriolés! Sim, vamos arriscar nossos pescoços! Soube que estão montando um ringue de boxe! Se não lutarmos, vamos levar Lorde Murro para ganhar!

Graham continuava rindo, o que só dava mais gás a Ruth, pois ela nunca o vira rir tanto por um tempo tão longo.

— Vocês têm algum tipo de cupim nas suas camas?

— Não seja injusta, Bourne tem passado muito tempo em casa.

— Só agora, que Bertha está perto de ter o bebê. Antes, ela ia junto!

— Ora essa, Keller também gosta de participar.

— Ele nem chega perto do grau de comichão selvagem que você e seus dois vizinhos têm. Deve ser uma doença grave!

— Não se esqueça de Deeds, ele acaba sendo convencido.

— Ele só assiste, sempre de algum ponto onde possa sentar e alguém lhe servir doces.

Graham gargalhava, pois, no último torneio, foi exatamente assim. Deeds controlava tudo lá de onde estava sentado. E opinava muito, era como um mentor que nunca praticou.

— Lembre-se que, do último verão para cá, conseguimos torná-lo muito mais ativo. Ele está outra pessoa.

— Claro! Em todas aquelas brincadeiras extenuantes que arrumaram na propriedade dos Preston. Afinal, Lydia é outra que tem formiga por baixo das saias.

Graham sentou-se junto à árvore, rindo de como ela relatava as aventuras do grupo. Eles realmente tinham alguns membros muito ativos, mas, no geral, todos eles eram animados e dispostos a viagens e traquinagens. Tinham de aproveitar a juventude.

— Você sempre se diverte conosco, Ruth, e se sai muito bem quando participa das atividades, como a caça ao tesouro.

Ela ajeitou as saias e também se sentou.

— Sim, acho que, se pudesse participar de mais coisas, talvez também tivesse umas formigas me tirando da cama. — Ela sorriu, numa mistura de animação e desânimo.

Graham sabia que ela estava falando do fato de o pai a impedir de ir aos eventos que os amigos compareciam, especialmente aqueles fora da temporada em Londres.

— Talvez agora, depois dos últimos incidentes e de passar esse tempo sozinha aqui, eu receba mais confiança.

— Há algo que aprendi também: rebeldia!

— É uma boa notícia.

— Agora, eu estaria me casando com um homem hipócrita que pensa como meu pai e faz o exato contrário.

Ele assentiu, muito aliviado por isso não ter acontecido.

— Mas não quero falar nesse assunto! — Ela se moveu, sentando-se sobre as pernas e remexendo na saia azul. — O que você está reformando agora? Conte-me!

— As janelas.

Ela soltou um gritinho de animação.

— Eu lhe disse que adoro janelas! Gosto daquelas grandes! Não são fáceis de ver nas casas, mas eu adoro. Sempre quis umas maiores na casa, mas meu pai nunca quis. Acho que ele gosta de precisar acender velas. E como ele pode ir para onde quiser, não entende a mágica de sentar perto de uma janela e olhar ao longe. De tentar enxergar alguma luz e de correr para a janela que dá vista para a estrada.

— Como seria sua janela perfeita?

— Na sua casa tem uma janela saliente? Como aquela do White's? Eu sempre sonhei em ter uma para iluminar todo um cômodo, desde a primeira vez que a vi. E ter um banco acolchoado feito para o espaço que a janela se projeta para fora da parede. Dali, estaria cercada de vidro por três lados, nunca estaria realmente confinada à casa. Eu poderia ler até a última luz do dia sem precisar de velas!

— Parece muito interessante. Há uma janela grande na minha casa... Confesso que não a aprecio como você diz.

— Pois deveria!

Graham se pôs de pé e lhe deu a mão para levantá-la, depois a colocou sobre o cavalo. Ruth já estava se divertindo com isso. Ela até ficou esperando-o levantá-la, afinal, não havia um banco ali e o cavalo era alto.

Quando ele partiu de volta para a própria casa, ela foi espiar pela janela, para vê-lo cavalgando em direção a um dos atalhos que tomava para chegar ali.

Na semana seguinte, Lorde Huntley já a levara para cavalgar mais três vezes e caminhara em sua companhia por parte de uma manhã. Eles haviam recebido novidades dos seus amigos. Algumas notícias eram inesperadas e outras os surpreenderam. Bertha respondera a carta de Ruth e lhe dissera que estava passando muito bem, assim como o recém-nascido.

— Há dois anos, jamais imaginaríamos que o grupo criaria um casal como eles! E agora é o primeiro bebê! — Ruth ficou feliz por receber notícias das amigas.

Graham também recebeu notícias dos amigos: Greenwood estava com um grande problema e teria de remediá-lo. Huntley iria se ausentar por umas semanas.

— Espero que não seja o único, estamos todos precisando da receita desses casais.

— Sim... — Ruth apertou as mãos. — Mas creio que terei de esperar pelo menos até o ano que vem. Um noivado desfeito... enfim. E a sala? Ficou como queria?

— Você disse que uma sala iluminada e uma escadaria branca combinariam com o que descrevi.

— Sim!

— Estou pensando no corredor do segundo andar, onde essa tal escadaria vai dar.

— O corredor aqui de casa é barulhento! Eu gostaria de um com um largo passador fixo no meio, para amenizar os sons dos passos. Às vezes, soam como estrondos.

— É uma ideia interessante.

— Se o seu piso for menos barulhento, talvez não precise. Vocês homens nem sempre se atentam a detalhes, e essa sua grande casa é lar de um solteiro convicto há muitos anos. Mora lá sozinho, pode escolher o que quiser.

— Eu vou envelhecer, Ruth.

— Todos vamos! Mas é jovem ainda.

— Não presto tanta atenção a detalhes, tem razão. O que faria com minha sala extra?

— Nos fundos? Sempre quis uma sala matinal bem iluminada. Tenho vagas lembranças da infância com a minha mãe. Você também?

— Sim, lembro de bons momentos da infância. Quando meu pai ainda era vivo.

— Você herdou o título aos 13 anos?

— Sim... Posso dizer que meu pai morreu antes do esperado, em compensação, ele se casou tarde. Ao menos o que a sociedade considera tarde. Quando eu nasci, ele já tinha 40 anos.

— Você não fala muito disso, Graham...

— Não é um segredo, eu só não encontro muitos momentos que me façam entrar nesse assunto. — Ele revirava um ramo entre os dedos e se inclinou um pouco, apoiando os cotovelos nas coxas, o que o deixou ainda mais perto dela. — Mas temos conversado sobre tudo.

— Nunca conversei tanto com alguém em toda a minha vida. Nem mesmo com minhas amigas.

Graham assentiu.

— Fico feliz com isso.

— Não me considera tagarela? Às vezes, fico longos minutos falando, e você interfere bem pouco.

— Eu posso apenas ser um bom ouvinte. Venho aqui lhe fazer companhia, nada mais justo que a escute. Mas gosto de opinar.

Ruth ficou olhando-o. Além de passar vários minutos falando, ela vinha passando muitos momentos presa no castanho misturado dos olhos dele.

— Sobre a sala matinal — ela disse de repente, movendo a cabeça para sair do transe que era o olhar dele. — É um lugar onde pode passar um tempo com as crianças enquanto elas comem e também conversar com seus familiares. Espero encontrar alguém que vá até lá e tome o desjejum conosco, não lembro muito do meu pai durante a manhã.

— Eu lembro, mas meu pai me levava para ver a propriedade pela manhã e me devolvia a tempo do café, quando meu estômago estava roncando.

— Ele conversava?

— Sim, lembro bem da sua voz.

— Isso é bom. — Ela ficou de pé e ajeitou o leve vestido de passeio que usava naquela tarde. Havia escolhido musselina cor de creme, com uma fita de cetim carmim na cintura. Havia leves franzidos na beira das mangas curtas e do decote. — Vamos tomar limonada? Inventei mais sabores de biscoitos.

Graham ficou de pé e soltou o raminho que esteve enrolando.

— Eu tenho de partir, Ruth. Vou para Londres.

As sobrancelhas dela se ergueram e, inicialmente, ela não conseguiu conter a expressão de desânimo.

— Foi por isso que veio me ver pela manhã, vai partir ainda hoje?

— Sim, vou aproveitar a parte de luz do dia que puder e alcançar uma hospedaria perto da próxima vila.

Ruth assentiu e fez de tudo para exibir uma expressão neutra.

— Venha. Vamos pegar o seu cavalo.

Não haviam ido muito longe da casa e, quando retornaram, ela entrou correndo e depois voltou com um embrulho.

— Eu escolhi sabores novos e ajudei nas proporções para ter o aroma correto. Leve para comer na viagem — disse ela, entregando-lhe o pacote com três tipos de biscoitos. — São seus favoritos também.

Graham abriu um sorriso enquanto recebia o pacote dela. Atualmente, já havia comido todos os sabores que ela gostava, os outros que ela inventara e até os experimentos que Ruth propunha à cozinheira e ajudava a fazer. Huntley gostava de todos, mesmo aqueles que saíram amargos, ou deveriam ter um sabor, mas o gosto era completamente diferente do pretendido.

— Obrigado.

Ela o seguiu até perto do cavalo e o viu guardar o pacote na bolsa lateral.

— Vai ficar lá até o fim da temporada? — Pensar na possibilidade lhe causava uma decepção tão grande que era impossível manter uma expressão de fingida neutralidade.

— Não, retornarei em cerca de uma semana.

Já parecia muito tempo. E ele disse "cerca de". Podia ficar lá duas semanas ou mais, quem sabe resolvesse aproveitar as diversões da cidade ou passar mais um tempo com os amigos deles que estavam lá. E poderia rever suas... namoradas? Bem, ele era solteiro. Apesar de não ter nenhuma pretendente séria por perto, era desimpedido para ter seus casos amorosos. Ruth ficou bastante abalada enquanto as possibilidades passavam por sua mente. Será que havia alguém?

Graham retornou para perto dela e segurou suas mãos.

— Continue indo cavalgar sem mim, espairece a mente — sugeriu ele.

— Eu irei.

— Dói-me deixar a sua companhia.

— Mesmo? — perguntou ela, como se pensar nisso lhe aliviasse um pouco.

— Gosto de estar em sua presença. Porém, tenho compromissos.

— Entendo. Eu o verei em breve, então.

Até para os ouvidos dela isso soou como uma pergunta. Ruth quis retirá-la, mas seus sentimentos tinham tomado conta de sua expressão e até de sua entonação.

— Certamente.

Graham beijou as mãos dela, uma de cada vez, e Ruth apertou as dele, não para impedi-lo, foi como uma reação incontível. Ela manteve o olhar no rosto dele. A beleza dos seus traços ainda a fascinava, mas havia se perdido muito além disso. Como uma simples separação de algumas semanas fazia com que ela percebesse que podia finalmente estar se encontrando? Tinha se perdido dele lá naquele parque e levou dois anos para retomar esse caminho. Será que estava fazendo isso ou se iludia?

— Tenha uma boa viagem. — Ruth lhe deu um beijo nos lábios. Foi breve, porém não foi um toque assustado. Nem condizia com a velocidade que o coração dela batia ao tomar essa decisão.

Graham não esperava que ela fizesse isso, mas, quando o beijou, ele mal teve tempo de se mover, e ela apertava as mãos dele. No segundo seguinte, Ruth o tinha soltado e o observava.

— Ruth... — Ele soltou o ar ao observar sua expressão ansiosa. — Obrigado.

Ele se afastou e montou no cavalo, acenando antes de partir. Ruth ficou se torturando, sem conseguir se arrepender de beijá-lo, mas encarando o fato de que era um péssimo momento e se condenando por ter tido uma ideia como essa. Nem conseguira ainda se recuperar do escândalo do seu noivado desfeito poucas semanas antes do casamento.

CAPÍTULO 11

Após uma semana, Ruth já havia cavalgado quase todos os dias, mas começara a chover na tarde anterior. E o tempo ainda estava chuvoso. Ela ficou relegada a olhar pelas janelas da casa e a comer biscoitos sozinha. Como não havia percebido a importância da presença de Graham? Não era só por ela estar sozinha ali na grande mansão de campo da família.

Era perfeitamente capaz de encontrar atividades por conta própria. Podia pintar, ler, tocar, costurar, ir passear, fazer jardinagem, escrever cartas. Ou ir à cozinha aprender mais sobre massas e sabores de biscoitos. E, como estava sozinha ali, era ela que decidia sobre o menu e outras necessidades da casa. Tudo isso podia ocupá-la muito bem. Mas não era como ter a companhia dele. Não havia a sensação da sua presença ou o som da sua voz.

— Depois de quase dois meses que estou aqui, agora a senhora resolveu se preocupar com o que faço? — perguntou Ruth, mal-humorada.

A governanta, Sra. Peak, observou Ruth subir no cabriolé e puxas as rédeas.

— Mas vai sozinha até a vila?

— Sim, deseja que lhe traga algo? — Ergueu a sobrancelha para ela.

— Não... Mas... — A senhora parecia sem graça de tocar no assunto. — A senhorita desfez sua amizade com aquele jovem cavalheiro que a acompanhava para todo lado?

— Não! Ele viajou! — Ruth já batia as rédeas e se afastava quando respondeu a contragosto. — E somos apenas bons amigos!

Claro que a governanta estava pensando o pior e não queria magoá-la, perguntando se o cavalheiro a havia deixado de lado. Depois de quase duas semanas sem aparecer, era normal que a mulher pensasse isso. E agora estava preocupada por Ruth ter outra decepção, logo após seu noivado arruinado.

Red Leaves era a maior vila das redondezas. Ruth levava, no mínimo, quarenta minutos até lá, usando atalhos de estradas dos vizinhos. A propriedade mais próxima da vila era Bright Hall, porém, os Preston não estavam em casa. Então, nem adiantava se animar em esticar a saída e visitá-los.

— A senhorita já está de volta, é bom vê-la — disse a Sra. Garner. A costureira continuava afiada, e seu ateliê tinha sido reformado, tornando-se mais na moda. O número de encomendas crescera, assim como os tipos de peças ficaram mais complexas. Ela até fizera o vestido de casamento da nova Lady Bourne.

A fama dela foi se espalhando e agora as damas locais encomendavam roupas lá quando estavam no campo. Afinal, não se vivia apenas de vestidos de baile e peças para usar na temporada. Precisavam se vestir por todo o resto do tempo.

— Eu voltei um pouco antes — respondeu ela, reticente. Não sabia até onde a fofoca sobre o seu noivado havia chegado. Achava difícil já ter dado tempo de chegar às salas do ateliê, pois as pessoas que contariam ainda estavam na cidade. — Preciso de algumas anáguas novas e três vestidos leves, já está ficando mais quente.

— Tem razão, vai começar a temporada de vestidos de verão — comentou a costureira e chamou uma das suas netas para tirar as medidas.

Já com cerca de cinquenta anos, a Sra. Garner passava menos tempo andando de um lado a outro do local, mas tinha muitas assistentes. Era um negócio familiar e quase todas as suas filhas e netas podiam ser vistas lá em algum momento do dia.

— Eu trouxe alguns modelos. — Ruth mostrou suas revistas femininas, trazidas de Londres.

Quando saiu da costureira, parou para comprar laços extras para suas meias e deu uma volta pelos comércios locais. Depois, entrou no chapeleiro, que, diferente de Londres, ali na vila atendia a homens e mulheres; suas filhas faziam e consertavam os chapéus femininos.

— Srta. Wright?

Ruth achou ter escutado algo, mas, antes que se virasse, ouviu mais alto.

— Srta. Wright!

Ela olhou a tempo de ver Graham se afastando da entrada do alfaiate.

— Lorde Huntley! — Ruth voltou todos os passos que tinha dado desde o primeiro chamado. — O senhor voltou!

Ele se aproximou, e ela notou com diversão que ele não estava com o paletó e seu lenço branco estava um tanto frouxo sobre o colarinho. Se saíra correndo do alfaiate, isso fazia sentido.

— Sim, eu achei tê-la visto.

Ruth ficou olhando-o, mas então se deu conta.

— Quando retornou?

— Ontem.

— Cedo? — perguntou ela, franzindo o cenho, como se isso fizesse uma imensa diferença.

Bem, fazia. Se ele estivesse em sua casa de Devon desde a manhã do dia anterior, poderia ter lhe enviado ao menos um breve bilhete, apenas para dizer que voltara em segurança e para saber como ela estava passando.

— Não, após o anoitecer. Não achei que a veria aqui pela manhã.

— Eu estava... Tinha coisas para fazer na vila.

— Eu também.

— Com suas roupas?

Graham olhou para baixo e tinha uma expressão divertida e um sorriso quando voltou a olhá-la.

— Sim, eu trouxe roupas e tive um acidente enquanto ajudava os homens que descarregaram móveis e itens novos da reforma na minha casa.

— Sabe, se o senhor não fosse uma dessas criaturas ativas e saudáveis, jamais pensaria em ajudar nesse tipo de coisa.

— Meu paletó descosturou, foi bastante embaraçoso.

— E veio à vila rasgado?

— Eu já estava saindo...

Ruth riu dele, e Graham chegou mais perto. Ela teve vontade de consertar seu lenço. Ainda bem que ainda tinha autocontrole, pois era um local público demais para ser vista fazendo algo tão íntimo quanto ajeitar as roupas de um homem solteiro.

— E terá de ficar aqui até o paletó ser consertado?

— Não me importo tanto assim com ele.

Graham parou bem próximo a ela e estendeu as mãos abertas. Ruth reagiu instintivamente, dando as suas para ele segurar. Dessa vez, ela usava luvas e, talvez por isso, ele apertou mais do que o habitual.

— Eu ia visitá-la esta tarde. — Seu sorriso entortou, como um traço de travessura. — Depois que trocasse de paletó.

Ruth desviou o olhar para o colete que ele usava: era simples, do tipo usado no dia a dia para tarefas pela propriedade, com botões envoltos em dourado em vez de cobertos por tecido. Porém, ela acabou prestando atenção na largura do seu peitoral. Vivia dizendo que ele não parava quieto e era muito ativo, o que era óbvio pelo corpo atlético que podia ser notado mesmo sob as roupas.

Ela puxou as mãos, sentindo o calor se espalhar pelo seu rosto, descer pelo pescoço e parecer que ia tomar conta dela. Com certeza não era tudo vergonha, e o jeito como Graham a observava só piorava tudo.

— Tem mais tarefas para cumprir na vila? — indagou ele.

— Não, terminei tudo. Vou retornar.

— Fique um pouco mais, eu lhe acompanharei.

Ruth assentiu, concordando mais rápido do que seu raciocínio sobre o pedido.

— O senhor andou se rasgando em Londres?

Graham franziu o cenho, mas ela completou rapidamente:

— Disse que trouxe roupas para o alfaiate.

— Preciso contratar um novo valete, o meu estava muito idoso, merece seu descanso. Acabei sem ninguém para fazer consertos e não vou jogar roupas novas no lixo por terem descosturado.

— Eu sei costurar! — contou ela.

Demorou dois segundos para ela perceber que estava praticamente se oferecendo para costurar as camisas dele e arregalou os olhos, completando com a primeira ideia que veio à sua mente:

— Posso lhe ensinar! — disse rápido e alto demais.

Disfarçar não diminuiu o embaraço dela. Parecia uma alegação inocente, mas era uma insinuação mais avançada do que um flerte. Roupas de cavalheiros eram consertadas em casa, pelos seus valetes ou por mães, irmãs e esposas. Como ela não era parente dele, sobrava uma alegação muito embaraçosa para uma moça solteira.

— Enquanto não encontra um valete de confiança, poderia pagar um extra a uma camareira! O senhor não tem arrumadeiras em sua casa? Elas adorariam receber uma moeda extra por um simples conserto!

Ruth percebeu que não conseguia parar de falar e seu tom continuava mais agudo do que o normal. Só podia ser o nervosismo. Era a primeira vez na vida que se oferecia para costurar roupas para um homem, e Graham continuava observando-a com diversão estampada em sua face, deixando-a terminar seu constrangimento.

— Eu tenho algumas, mas já estou tão acostumado com o Sr. Bullard que foi mais fácil trazer tudo. Tem razão, verei se alguma empregada da casa gostaria de um pagamento extra em troca de pequenos consertos, até encontrar um novo valete.

— Elas certamente aceitarão — respondeu Ruth, recuperada.

Era um assunto um tanto íntimo esse das particularidades das roupas de um cavalheiro, mas ela ficava contente em auxiliar.

— O Sr. Bullard deve estar muito bem, por ter tanto trabalho — comentou Ruth.

— Ele é o melhor alfaiate das redondezas. Quando estamos longe de Londres, também precisamos de roupas. Creio que não tanto quanto damas que andam na moda, ao menos por mim, mas é necessário.

— Ele é a versão masculina da Sra. Garner, que fez o vestido de casamento de Lady Bourne.

— Eu só lembro que a noiva estava muito bem trajada naquele dia.

— Típico. — Ruth revirou os olhos.

— Aqui também não temos as mesmas confeitarias, mas temos bolos. — Graham puxou o relógio e deu uma rápida olhada. — Já está tarde o suficiente para comermos um pedaço.

Ele lhe pediu um momento, entrou no alfaiate e voltou usando o paletó azul, que já não apresentava nenhuma descostura. Ofereceu o braço, que Ruth aceitou prontamente. Não estava com tempo para charmes e queria conhecer o estabelecimento em frente ao ateliê. Red Leaves continuava crescendo e era mais do que suficiente para os moradores locais, porém, não costumava ter muito entretenimento para jovens acostumados à agitada temporada londrina. Especialmente jovens damas.

Há pouco tempo, os Gardiners, que eram parentes da Sra. Garner, abriram um novo negócio, pois a Srta. Gardiner voltara de Londres, onde aprendera muitas coisas. E agora a vila tinha uma casa de bolos e doces. Era um ambiente respeitável, onde moças podiam ser vistas, diferente do outro local no fim da rua que também vendia bolos. Só que, além de serem muito simples, o tal local parecia mais uma taverna onde trabalhadores comeriam e falariam alto. E certamente, nenhuma dama de respeito podia ser vista lá dentro.

Além disso, elas torceriam seus narizes para os bolos sem graça. A nova loja fazia muito sucesso, ainda mais com as pessoas da região que não viviam indo a Londres. Era tudo novidade.

A Sra. Gardiner estava achando um verdadeiro acontecimento ter os nobres da região aparecendo no seu estabelecimento. No começo, ela não acreditou na filha e achou que iriam perder toda a herança que finalmente mudaria suas vidas ao investir num negócio. Mas agora que eles sempre apareciam quando estavam na vila, ela já estava se achando no topo dos melhores comércios da região, logo atrás da modista e do alfaiate, que estavam sempre atarefados com a alta sociedade local.

— Qual deles é esse? — cochichou o pai, por trás do balcão.

— Huntley — a Srta. Gardiner sussurrou de volta, ocupada em cortar os pedaços de bolo que seus clientes ilustres tinham pedido.

— E qual é a sua posição? — O Sr. Gardiner tinha uma péssima memória, mas reconhecia um membro da nobreza de longe, só nunca sabia qual era.

— Conde. — A Sra. Gardiner estava com um sorriso convencido, pois todos que passavam e olhavam pelas janelas dos outros comércios podiam ver a frente da loja deles. — Temos vários condes por essas bandas. Estamos numa região abastada.

Pela familiaridade gentil da rápida troca de palavras entre a Srta. Gardiner e Graham, Ruth concluiu que ele ia muito à vila e gostava de bolos, até sabia dos sabores usuais.

— Comeu muitos bolos lá em Londres? — perguntou ela, apertando o garfo.

— Não muitos. — Ele comeu um pouco. — Experimente, rivaliza com as melhores confeitarias da cidade, mesmo com ingredientes mais simples.

Ruth comeu o bolo e viu que ele tinha razão. Não era fácil nem em conta conseguir muitos dos ingredientes vistos em Londres, mas isso não impedia a Srta. Gardiner de ser um sucesso.

— Está delicioso. — Ela comeu mais um pedaço. — Imagino que venha muito à vila.

— Bastante. Como gosta de dizer, não paro quieto em lugar algum.

— E o que estava aprontando para se rasgar?

— Alguns móveis chegaram, eu vim junto com alguns itens de Londres e já estamos trabalhando do lado de fora.

— Nos jardins? — Ela abriu um sorriso, animada. — Vai fazer algo novo?

— Mandei limpar, para ampliar o gramado do jardim em volta da casa. Deve ficar bom, não acha?

— Sim! Sabe o que ficaria perfeito? Se ele for plano e o gramado baixo e bem cuidado. Perfeito para seus filhos brincarem com vários jogos. — Ela bebeu um gole do chá que pedira com o bolo.

— Perfeito para crianças se tornarem monstrinhos extremamente ativos?

— Crianças deviam ter a chance de ser assim. Se um dia eu os tiver, lhes ensinarei a serem mais livres e aventureiros, do jeito que não pude ser na infância. Eu era filha única, e meu pai sempre foi protetor, nunca pude ir muito longe e fazer traquinagens perigosas.

— Você pode agora — lembrou ele.

— Em compensação, sou muito boa em tarefas internas. — Ela comeu mais bolo, antes que acabasse lembrando a ele que costurava muito bem. — E o que mais fará?

— Quando eu era mais novo, tínhamos um chafariz. Mas teve de ser movido e então ficou velho e se quebrou. Mandei construir um novo. Bem no jardim do gramado.

— E como será o seu chafariz? Já sei! Com uma grande águia! Há animais no seu brasão? Ah, imagino que será um enorme cervo! Ou um leão!

Graham sorria com os lábios prensados, mastigando lentamente seu pedaço de bolo enquanto ela tentava acertar qual grande animal teria no topo do chafariz.

— Pelo jeito, meu chafariz teria uma coleção de animais selvagens. Imagino que o seu não seria assim.

— Não. — Ruth balançou a cabeça e bebeu mais um gole de chá. — O seu terá peixes?

— Ainda não decidi.

— Seria lindo um com peixes pequenos e os mais coloridos que pudesse encontrar. E no topo teria um pássaro adorável e manso, como um Robin. Sempre o vemos voando por aí, pequeno, gorducho e com o lindo peito laranja. É diferente daqueles predadores cuspindo água como as pessoas gostam. Acho que um pássaro encantador combinaria mais com a maioria das propriedades, às vezes, as pessoas têm um local belo e florido e uma grande águia cuspindo água em meio ao cenário bucólico. Isso combina mais com um castelo enorme, habitado por algum nobre de temperamento irascível. Não com lordes barrigudos, cheios de crianças e uma esposa inofensiva.

Graham se divertia enquanto ela divagava outra vez, mas concordava. Algumas pessoas não entendiam mesmo de combinar a decoração de um chafariz com a casa. Era a típica moda que demonstrava status, mas, por vezes, não era bem aproveitada.

— No seu caso, tem de ser um animal corredor e ágil. Combinaria com seu espírito — opinou. — Mas tente um que exista nesse país. E quem sabe por esses bosques. Já pensou se também resolve construir um enorme leão como os Palmers! O visconde é minúsculo, redondo e já perdeu o cabelo. Por que um leão? Sequer há um no brasão!

Dessa vez, Ruth conseguiu arrancar uma gargalhada dele, ao citar o rechonchudo lorde que era dono do famoso leão. Ao menos estava famoso por aquelas bandas, desde o ano passado, quando deu uma festa para ostentá-lo.

— Não, Ruth. Prometo que não mandarei construir um enorme leão, tampouco um chafariz daquele tamanho. O meu é modesto demais frente àquela exibição.

Ela riu e terminou seu chá. Os dois deixaram a loja de bolos. Os Gardiners os espiavam pela janela, e a mãe dizia:

— Garanto que ele vai se casar com ela, é filha daquele lorde carrancudo que tem uma esposa mais nova.

— Isso é um resumo de vários deles, mãe — apontou a Srta. Gardiner. — E esse em questão não é tão velho ainda.

— Não nos arredores. Só ele é mais velho e está casado há poucos anos, achei até que iria esperar a filha ter um bebê para herdar tudo. Mas não, claro que ele tinha de colocar seu próprio rebento no mundo para isso. — A senhora balançou a cabeça.

— Afinal, de quem vocês estão falando? — perguntou o pai, vendo o casal se afastar mais.

— Ah, papai! Eu desisto de ficar lhe lembrando de todos os nobres das redondezas! — A Srta. Gardiner saiu a passos rápidos.

— Ela é filha de lorde Fawler, seu velho caduco. — A esposa se afastou também.

O Sr. Gardiner cruzou os braços e ficou lá resmungando.

— Ora essa, eu não esqueci todos. Lembro do marquês, do pai e do avô dele, que fizeram essa vila evoluir tanto. Tem aquele outro, que casou com a filha do Oswald. Um tal de Bourne. E aquele que a avó faleceu, vamos sentir falta daquela senhora. Eu lembro de outros...

Ruth parou junto ao cabriolé e tirou um pequeno relógio do bolso de sua saia.

— Obrigada pelo convite para o lanche, mas agora preciso voltar. Saí há várias horas.

— Nos vemos outro dia, Ruth.

Graham estava junto dela ao lado do veículo, e Ruth sabia que estava com um perpétuo sorriso por causa do seu retorno. Ele beijou sua mão para se despedir, mas conseguiu sumir com o sorriso fixo dela ao beijar seu rosto. A expressão de Ruth registrou surpresa e depois ela correu o olhar em volta, mas ninguém parecia prestar atenção especial neles.

— Até breve! — Ela subiu no seu veículo e partiu.

CAPÍTULO 12

Eles só tornaram a se encontrar um dia depois, quando Graham foi buscá-la para um passeio e um lanche diurno. Dessa vez, ele chegou no começo da tarde. Ruth se animou mais ao vê-lo, pois tinha recebido algumas cartas que a desanimaram. Para começar, seu pai lhe escrevera, informando que retornaria no final do mês. Fechariam a casa de Londres um pouco antes, pois ele não via motivo para estenderem a estadia.

O retorno deles não gerou felicidade pela ideia de não estar mais sozinha numa casa daquele tamanho. Pelo contrário, Ruth tinha certeza de que sua tranquilidade acabaria e ela teria de voltar a encarar o maldito noivado; seu pai certamente tinha muito a dizer sobre o assunto. E talvez estivesse com ideias sobre como a tiraria desse buraco onde eram colocadas as jovens que acabavam nessa situação desastrosa.

Sua madrasta também estaria de volta. Pelo que parecia, ela e o marido não haviam se reconciliado, e Ruth acabaria no meio daquele mal-estar. Talvez até voltasse a sentir uma culpa que não lhe cabia. Ao menos adorava o meio-irmão, poderia voltar a brincar com ele. Mesmo com as bagunças do menino, era quem ela mais queria rever.

— Está evitando me contar acontecimentos da cidade porque acha que irão me chatear? — perguntou ela, imaginando que seria a primeira coisa que ele diria.

— Não, mas nossos amigos estão novamente envolvidos em problemas. Além disso, pelo que vi, a Srta. Preston andou se envolvendo em mais confusões do que devia como casamenteira, e Deeds finalmente conseguiu dizer algo à Srta. Jones.

— Lydia não pode ser casamenteira nem de um casal de texugos! —

Riu Ruth. — Não me diga que Pança finalmente teve coragem!

— Sim, mas ele chegou um tanto atrasado, eu temo dizer.

— Ah, não! Ela está mesmo considerando aquele outro?

Graham assentiu lentamente, lamentando ao mesmo tempo.

— Eu não sei nem por onde começar a resumir. Apesar da calma que temos aproveitado aqui, essa temporada não foi nada pacífica lá na cidade.

Ruth esticou o braço e pegou outro pão recheado com patê, comendo-o sem pressa enquanto Graham seguia contando novidades e acontecimentos que viu ou soube. Pelo que ela estava entendendo, seus amigos tiraram o ano para desenvolver interesses românticos dentro e fora do grupo. E, como era de se esperar, deu tudo errado.

Não diferia muito do que aconteceu com ela, a única parte boa no seu caso foi não ter passado por uma decepção amorosa.

— Daqui a pouco, todos estarão por aqui e tenho certeza de que, dessa vez, os dramas virão junto — concluiu Graham.

Enquanto ele contava tudo, os dois comeram quase todo o lanche que tinham levado e começaram a embrulhar novamente para guardar na pequena cesta.

— Meu pai voltará antes. — Ela virou o rosto, esticando as pernas sob a saia do seu vestido de passeio de musselina e cambraia. Já que passearia no veículo dele, pela estrada, ela quis usar algo muito bonito. A barra da saia era trabalhada com os dois tecidos e enfeitada com duas finas fileiras de seda lilás.

Ele a trouxera em seu moderno cabriolé, com uma cobertura dobrável e colorida, e bancos azuis que Ruth achara charmosos. Até as presilhas e rodas tinham sido pintadas do mesmo jeito, tornando-o um veículo muito bonito.

— Não fique triste. Aqui no campo, você terá mais liberdade do que na cidade.

— Espero que sim. Não estou pronta para ficar presa em casa junto com ele e seus problemas e demandas. — Ela remexeu no tecido da saia. — E tenho gostado de estar aqui.

— Eu ainda virei visitá-la.

— Não, não virá. Com eles aqui, não poderei recebê-lo tantas vezes e por um tempo tão longo. Meu pai não me deixaria vir aqui para essa colina sozinha com você. Não sei como ele esperava que eu encontrasse alguém dessa forma.

— Até que nos divertimos bastante em Londres.

Ruth se virou um pouco para ele, puxando seu xale de sarja acetinada cor-de-rosa.

— Sabe que, naquelas vezes em que me levou para passear, eu estava saindo escondido, não sabe?

— Eu desconfiava, devido à sua insistência de ser deixada a alguns metros antes da casa e que eu fosse buscá-la no mesmo local.

— Sim. Foi após descobrir todas as liberdades e aventuras que vivi junto com vocês que a mente conservadora do meu pai resolveu que o único jeito de me salvar era me casando o mais rápido possível.

Graham não pensava que a mente de Lorde Fawler devia ser considerava apenas conservadora, como se isso fosse uma desculpa. Ele não foi bom com a única filha que tinha, não soube lidar com o fato de ela ter se tornado uma adulta. Sendo bem sincero, ele o achava um cretino. Não se importou em magoá-la; estar certo e ser obedecido pareceu ser a única coisa que lhe importou.

Ruth se levantou e caminhou pela colina, sob a sombra das árvores. O vento da tarde balançava suas saias leves e empurrava as copas. Pelo horizonte cheio de nuvens, a noite poderia ser chuvosa. Esperava que o tempo não tivesse uma daquelas mudanças bruscas, pois queria aproveitar seus últimos dias de liberdade. Jamais poderia passar horas de uma tarde sozinha com Graham naquela pequena elevação depois que seu pai retornasse.

— Você está livre disso — disse Graham, alcançando-a. — Porém, não está livre da minha companhia. Seu pai não vai me impedir de vê-la.

Ela virou o rosto para ele com um sorriso, era o tipo de promessa — mais parecida com uma decisão — que a alegrava.

— Você não o conhece direito.

— Eu já sou velho e independente demais para ele me pressionar.

— Você não é velho! — Ela se divertiu, achando sua alegação exagerada.

— Pode não parecer, Ruth, mas já nos conhecemos há um tempo. Eu completei 27 anos nesta temporada.

Ruth ficou observando seu rosto, o aniversário dele passou discretamente e ela nem lhe deu um presente escondido. Não saberia o que dar, afinal, nem deveria pensar em presentar um cavalheiro solteiro e que não era seu parente. Mas por isso que seria escondido.

— Além disso. — Ele segurou sua mão e abriu aquele sorriso que o fazia parecer mais jovem. — Talvez se lembre que eu sou um conde. Estou hierarquicamente acima do seu temido pai.

Ruth deu uma boa risada, ainda mais pelo jeito jocoso que ele lembrou desse fato. Claro que isso não impediria a ira de Lorde Fawler, mas era divertido demais pensar na situação.

— Sabe que completei 22 anos? — Ela foi descendo em direção ao veículo.

— Sim — respondeu ele, pois a pausa foi longa.

— Estou na minha quarta temporada, da qual tive de sair mais cedo. Ou seja, oficialmente, fiquei na prateleira.

Ela teve um leve sobressalto quando ele desceu rapidamente e tocou a parte baixa de suas costas, enquanto ainda a ouvia terminar seu relato.

— Nova demais para ser uma solteirona, mas estigmatizada por um noivado desfeito. Sequer sei onde devo me encaixar.

— Que tal entre os meus braços? — sugeriu ele, mais soando como sugestão.

— Graham. — Foi uma falsa tentativa de repreendê-lo, mas ela sorria. Só o fato de usar seu primeiro nome já provava tudo.

— Não estou brincando, Ruth — informou desnecessariamente, pois seu braço envolvia a cintura dela e a puxou para perto, surpreendendo-a quando seus corpos se encaixaram.

Ela se apoiou no peito dele, tocando sobre o paletó verde de seu traje de montaria, e o encarou.

— Eu tive uma ótima viagem, comi todos os seus biscoitos. Creio que não a agradeci devidamente, havia muita gente na vila.

Ruth estava com os lábios entreabertos, embasbacada por ele e ao mesmo tempo aguardando o que ele prometia. Graham a beijou, encontrando-a receptiva. Pressionou seus lábios, ganhando mais espaço. Ela sentia a umidade do beijo, declarando a intimidade trocada quando ele usou a língua, aprofundando de vez a carícia. Ela se surpreendeu com a ousadia dele e abriu mais a boca, permitindo-o explorá-la com mais ardor.

Quando ele afastou os lábios, Ruth estava inteiramente apoiada nele. Ainda sentia as saias farfalhando contra a parte de trás de suas pernas, pois a frente estava restringida pelas pernas dele.

Graham observou seu rosto, estudando a reação dela, mas seu olhar acabou novamente na boca ainda úmida pelo seu beijo. Ele percebeu que a apertava firme demais contra a lateral do corpo, então a soltou, mas não se afastou. Ainda imaginava se foi ousado demais da primeira vez que a beijou, se não soube lidar com uma jovem inexperiente em seu primeiro beijo e isso a fez correr para longe dele.

Porém, o tempo passara. Ruth não era mais sensível ou ingênua quanto antes. E ninguém os pegou no flagra dessa vez.

— Esse não é um bom momento para lhe pedir que me fale de sua reforma, não é? — murmurou ela, muito ruborizada e com receio de se mover. Ao mesmo tempo que queria continuar a sentir o corpo dele tão perto, temia que qualquer movimento denunciasse suas vontades contraditórias.

— Meu quarto.

— Perdão?

— Meu quarto finalmente está pronto, terminaram de passar os novos canos por baixo do piso.

Ruth só ficou mais perdida. Era um assunto trivial e ao mesmo tempo inadequado. Um cavalheiro solteiro falando do seu quarto... mas era ridículo. Ela estava colada à parte do corpo dele; para ficar mais errado, só precisavam tirar as roupas. Pensar nisso não ajudou a tez dela a voltar à cor normal.

— Imagino que tenha um grande espelho, do seu tamanho, no seu quarto de vestir. Bem ao lado da janela, para poder se ver bem — comentou ela.

— Há mesmo um espelho, mas não tão bem localizado.

Ruth assentiu e baixou o olhar para as mãos, perto demais dos botões dele.

— Vou levá-la para casa. O tempo está virando mais rápido do que eu esperava.

Graham a soltou, e Ruth levou um momento a mais para tirar as mãos que apoiava nele, mas não podia culpar o vento forte por suas pernas instáveis. Haviam parado bem no final da descida, e ela não confiava em si mesma para descer sem escorregar, então, levantou a cabeça, o vento fustigou seu rosto e as nuvens pareciam ter se aproximado mais rápido do que deviam.

— Estava um dia tão glorioso — resmungou ela. — Mais quente do que o normal.

— Creio que veremos a primeira tempestade de verão da estação.

Eles partiram rapidamente, com Graham dirigindo rápido e ganhando velocidade ao alcançar a estrada.

— Vá rápido, Graham! Não quero que a chuva o pegue no caminho — pediu Ruth, assim que desceu na frente de casa.

— Um pouco de água não faz mal a ninguém! — Ele sorriu e estalou as rédeas, partindo rapidamente. Apesar disso, pretendia ganhar a corrida contra a chuva e chegar em casa seco.

Ruth entrou em casa com um sorriso, enquanto abraçava a cesta do lanche. Havia sido beijada pela terceira vez em sua vida. Na verdade, era a segunda, pois não queria contar aquele beijo corrido e trêmulo que deu nele na despedida algumas semanas antes. Sentia a pele quente por baixo do vestido, mesmo depois da corrida até em casa. Seus lábios formigavam com a sensação tão íntima. Não podia explicar a espécie de euforia que sentia.

— Ainda bem que chegou antes da chuva. Passou tempo demais fora, pensei que iriam lanchar no jardim — disse a governanta, arrancando-a de seu momento.

A chuva foi forte e deixou as estradas ruins para transitar. Pela manhã, a água parara de cair, mas nada de o sol deixar a timidez. Ele só brilhou forte no dia seguinte, finalmente secando os caminhos. O clima não voltou a esfriar, permitindo a Ruth ir passar o tempo do lado de fora. Assim que o correio passou, mais cartas chegaram para ela. Inicialmente, ela ficou feliz. Suas amigas não se esqueciam dela e até Lorde Pança havia entrado em contato, para lhe divertir com seus dramas sobre tudo que tinha de passar naquele grupo.

Porém, suas amigas também não mentiam e, nas cartas anteriores, ela finalmente quis saber se as pessoas souberam do seu noivado, se o seu plano perdurara. Janet lhe informou que sim, eles ainda contavam que o Sr. Bagwell era um perdulário e enganador, mas tentou animar Ruth, dizendo que ela era ótima, talentosa e até falou bem de sua descendência nobre antes de contar sutilmente o que escutou.

Já Lydia dizia que preferia que Ruth soubesse tudo, para se preparar e anotar os nomes de todos que andaram espalhando veneno e a caluniando. A Srta. Preston com certeza tinha uma mente muito mais vingativa e prática do que a da adorável Srta. Jones; não era à toa que uma era a Srta. Endiabrada (ou Esquentadinha, dependendo do contexto) e a outra, a Srta. Amável.

E assim, lhe deu nomes e insinuações, dizendo que a havia defendido, mas que essas pessoas iam ver uma coisa. Também a instigou a levantar a cabeça e não ligar para eles, pois tinha certeza de que Ruth voltaria melhor do que antes.

— Por que você sempre sabe o que fazer para me animar? — A pergunta de Ruth era retórica, para soar como um agradecimento.

Graham só retornou na tarde do dia seguinte e, dessa vez, veio para visitá-la e não para levá-la a lugar algum. Trouxe-lhe um grande pedaço de bolo decorado e recheado, que comprou na Gardiner's, onde parou antes de ir até lá. Ele prensou os lábios e não deu a resposta óbvia.

— Eu presto atenção em você — disse ele.

Ela sorriu, ocupada em cortar um pedaço do bolo e comer, confortando-se com o doce.

— Não precisa ficar tão triste por isso.

— Eu sei, era óbvio. — Ela continuou olhando para baixo, enquanto segurava o prato onde colocou o pedaço de bolo, sobre a saia azul-clara do seu vestido de musselina.

Ruth levou o garfo de sobremesa à boca, ocupando-se com mais um pedaço, sentindo a doçura do creme de laranja confortá-la. Graham só tinha comido um biscoito naquela visita, e ela imaginou se ele comera algo na vila. Pelo horário, ficaria com ela por, no máximo, uma hora.

— Se está livre agora, penso que as consequências são as melhores. — Ele se levantou e virou o rosto para o resto do jardim coberto de grama. Gostavam de ficar na parte longe dos caminhos, naquele banco podiam conversar sem que alguém os vigiasse das janelas do primeiro andar.

Ruth descansou seu prato de louça no banco, onde ele esteve sentado. Queria pensar assim, já superara muitos entraves da sua criação, pois, se tivesse deixado os pensamentos do seu pai a deterem, jamais teria entrado para o grupo de Devon e feito tantos amigos maravilhosos. Não teria conhecido Graham. Olhando para ele, recostado contra a viga da cobertura branca, Ruth imaginava como sua vida seria diferente.

Será que os dois deteriam o desastre que seria seu casamento se ele não tivesse começado tudo? E ela já teria passado pelas mesmas experiências que tivera junto a ele? Ao menos nesse momento, estaria sozinha ali. E mesmo assim, não conseguia controlar a mágoa. Fez tudo certo, havia até obedecido ao pai naquela sua ideia tirânica de casá-la com um primo distante. Ainda assim, olha como acabou. Com a reputação manchada, as pessoas lá na cidade falando mal dela. Colocando a culpa nela pelo noivado desfeito.

Era muito difícil para alguém como ela não se importar com o que os outros diziam e não se deixar abalar por ver os danos a uma reputação que cuidou tanto. E teve que aguentar tantos desmandos do pai para mantê-la intacta. O jeito que ela encontrou para pensar melhor no casamento, sem desobedecer diretamente, foi o adiando o máximo possível, e agora a duração do seu noivado era usada contra ela. Afinal, uma moça que passou meses noiva acabar com tudo poucas semanas antes... todos diriam que ela tinha algo errado.

E olha que o plano de devolver na mesma moeda ao Sr. Bagwell deu certo. Lydia contou que ele estava enfurecido e tentara tirar satisfações, mas os rapazes o enxotaram. Ele até foi a casa dos Wright para dizer desaforos e acusá-la, mas Ruth já havia partido, e Lena mandou os empregados o botarem para fora.

Ruth nem tinha o direito de ter essas explosões de raiva pela cidade, pois ficaria muito pior para o seu lado.

— Sim, eu estaria presa... — murmurou ela, apertando os dedos, já que estava com as mãos nuas.

Graham se abaixou à frente dela e tomou suas mãos, apertando cada uma em uma palma quente.

— Não vai mais acontecer, está tudo bem agora.

Ruth ficou olhando-o e soltou uma das mãos para consertar o cabelo dele. Ela gostava da cor, um castanho profundo que não chegava a parecer preto, mas também não ficava mais claro no sol. Graham nem se dava ao trabalho de usar cera de cabelo quando estava no campo e seu estilo destoava da moda, pois ele continuava sem cachos ou ondas grossas. As mechas eram lisas e até um vento leve desfazia qualquer penteado. Então ele passava a mão para afastar da testa e deixava como estava.

— Eu gosto de acreditar nas coisas que você diz. Sempre tem uma boa perspectiva — contou ela, voltando a descansar a mão sobre a saia.

— A cor desse vestido acende o azul dos seus olhos e você fica ainda mais linda — declarou ele, olhando de perto para admirá-la, já que continuava abaixado à sua frente.

Ruth prensou os lábios para ver se sua expressão mudava, pois o sorriso perpétuo já estava batido. Mesmo assim, sentia as bochechas esticadas. Os olhos dela eram escuros, tinha certeza de que boa parte das pessoas que a conheciam nunca notaram que eram azuis. Mas Graham passara muito tempo observando-a sob diversos tipos de iluminação, ele sabia muito bem a cor.

— É a luz do dia — disse ela, contente, mas encabulada.

Ele ficou de pé e ajeitou o casaco de abotoação simples, antes de lhe oferecer a mão para levantar.

— As formigas vão atacar meu bolo! — reclamou Ruth, olhando com pena para o doce.

— Vamos deixá-lo a salvo.

Ele a levou para a mesa da parte coberta do jardim. Ruth sabia que ele estava mantendo a visita perto da casa, pois não se demoraria. Ela andava preocupada com seu desconforto ao se separar dele. Odiava vê-lo partir. Temia ficar dependente da sua amizade e presença, enquanto sabia que, em breve, já não se encontrariam com a mesma frequência. Não gostava nem de pensar nos seus próximos dias sem ele.

Um lacaio serviu o chá quando se sentaram à mesa, e Ruth voltou a comer o bolo.

— Você não comeu os biscoitos, eu os fiz ontem. Me distraiu enquanto chovia, e experimentei novos sabores.

Graham começou a comer um biscoito após o outro, inclusive algo que estava no meio e mais pareciam bolinhos Crawford, porém, eram doces e recheados.

— Eu fiz isso, achei que estava cansado dos biscoitos. Parece até que é a única coisa que temos para servir aqui. Estão bons? Seja sincero como nos outros dias.

— Esses têm um gosto estranho, esses estão um tanto queimados, esses mais compridos estão deliciosos. E os bolinhos são os melhores.

— Eu sabia que você não gostaria do gengibre... — comentou ela, fazendo uma nota mental.

— Do que vamos chamar isso? Biscoitos fofos da Srta. Wright?

— Eu não serei eternamente a Srta. Wright — lembrou ela.

Graham assentiu lentamente enquanto a olhava. Já terminara de mastigar, mas seus lábios formaram uma linha enviesada, que dizia mais sobre sua opinião do que as palavras que diria.

— Biscoitos especiais de Lady Ruth. Quando eles chegarem à mesa, todos ficarão confusos por serem tão macios e parecerem bolinhos.

— E se eu fiz bolinhos acidentalmente?

— Eu jamais contarei.

— Você é o melhor cúmplice que eu poderia ter.

Quando ela estava satisfeita do bolo, ele anunciou:

— Eu preciso me ausentar por uns quatro dias.

De novo?, pensou ela. Mas ordenou aos músculos do seu rosto a permanecerem parados. Podia imaginar que ele tinha muitas responsabilidades para cuidar e passar horas com ela certamente o estava atrasando.

— Vai a Londres?

— Não, vou ver minha mãe.

— Sua mãe? — indagou, surpresa.

— Eu a visito quando posso.

— Mas...

Ruth prensou os lábios, tinha certeza de que estava se intrometendo demais nos assuntos pessoais de Graham.

— Mas — ele continuou a frase dela — ela não mora comigo, lembra-se? Preferiu voltar à propriedade da própria família.

— Por quê?

— Companhia de sua família, ela e minha tia não se separam mais. É melhor do que ficar sozinha aqui.

Mas então você vive completamente sozinho, Ruth tornou a pensar. Mas ele tinha amigos, vivia visitando e viajando pelo campo com Greenwood.

Ruth se levantou rapidamente, surpresa com a novidade, e voltou com mais um embrulho de biscoitos, deixando os de gengibre e os queimados de fora.

— Dê a ela de presente, espero que seja um bom agrado.

A atitude dela foi tão genuína que Graham nem cogitou lhe dizer que, se levasse biscoitos de presente, feitos por uma dama solteira, sua mãe teria certeza de que ele estava enfim se ocupando em arranjar um casamento. A mãe podia vê-lo só algumas vezes ao ano, mas isso não lhe impedia de comentar sobre sua falta de compromisso, como filho único, de providenciar descendência para o título e as terras.

— Ela vai apreciar muito. Obrigado.

Eles seguiram para a lateral da casa, o cavalariço até já sabia para onde levar a montaria dele. Era a saída mais próxima do atalho que ele pegava para chegar ali. Antes de deixá-la, Graham apertou sua mão e disse:

— Divirta-se nos próximos dias. O que dizem por suas costas não vale a sua tristeza, eles não sabem a verdade e não se importam em saber.

Ruth parou sobre o último degrau e manteve a mão no topo do corrimão entalhado.

— Você acha que vou conseguir frequentar os eventos sem que me olhem com pena ou com crítica e cochichem quando passo?

Ele puxou as rédeas do seu cavalo castanho e franziu o cenho, tentando compreender como isso a perturbava tanto. Mas não achava que ela devia nada àquelas pessoas. Tinham coisas mais importante para lidar. Os dois.

— Eu acho, meu amor, que já está na hora de pararmos de rodar em volta um do outro. Pense nisso.

Ele montou e meneou a cabeça para ela, antes de virar o cavalo e partir.

CAPÍTULO 13

Um dia depois que Graham partiu, Ruth pegou o cabriolé e saiu em uma aventura sozinha. A Sra. Peak, a governanta, já estava se achando sem escolha, teria de dizer algo nem que fosse a Lady Fawler, pois o pai tomaria alguma medida drástica. A moça estava se comportando muito além dos costumes da casa, a senhora achava que ela havia amadurecido e se tornado rebelde. Só para começar, sumia por horas com aquele jovem cavalheiro.

Levou um bom tempo para chegar a Sunbury Park, por isso Ruth saiu bem cedo. Ao contrário de alguns dos seus amigos, incluindo a amiga que estava indo visitar, ela não dirigia em alta velocidade pelas estradas. Admitia que pretendia ganhar confiança para ir um pouco mais rápido, e a viagem daquela manhã já seria um bom treino.

— Fiquei tão feliz quando me respondeu! — disse ela, aproximando-se rapidamente, após deixar seus acessórios na entrada.

Bertha chegou perto e a abraçou.

— É tão bom vê-la! Senti saudades! Poderia ter vindo antes.

— Confesso não saber bem as regras para visitar uma pessoa que deu à luz recentemente.

— Ah, não seja uma tola emproada! — Bertha a pegou pela mão. — Estou ótima! Já estou saindo pela propriedade!

— Não me diga.

— Sim!

Elas se sentaram na sala particular da viscondessa de Bourne, e Ruth confessou que, assim que voltou a Devon, estava muito deprimida e não seria uma boa companhia.

— Eu entendo. — Bertha apertou sua mão. — Mas, pelo que tem escrito, sua situação melhorou impetuosamente.

— Impetuoso como o responsável pelo feito.

Bertha levantou e voltou um minuto depois, pois escutara o barulho que denunciava que alguém não estava mais dormindo.

— Este é Roderick, meu novo grande amor. Nós o chamamos de Rod. — Bertha sorriu, com o bebê embrulhado em seus braços.

Ruth se inclinou para mais perto, só para ver o rostinho redondo e sonolento. Roderick havia nascido cheio de cabelo claro como nuvens, que, segundo Eric, era cortesia da família dele.

— É a coisinha mais adorável que já vi! — disse Ruth, dominada pela fofura do bebê.

— Eu também acho. — Bertha sorriu.

O pequeno Rod se espreguiçou, recuperando-se de sua última soneca, e depois se aconchegou à mãe. Quando pareceu acordado o suficiente, choramingou.

— Até me deu saudade de quando meu irmão era tão pequeno, eu podia segurá-lo por um longo tempo — contou Ruth.

— Não sei se agora vou trocá-lo ou alimentá-lo, mas retorno em um instante.

Ruth estava mordiscando um biscoito quando Bertha retornou com o bebê nos braços e tornou a se sentar.

— Vamos comer, acho que amamentar abriu o meu apetite.

Eles tinham uma nova babá, e o pequeno Rod ficou com ela, enquanto as duas se sentavam para fazer uma refeição leve de início de tarde. Estavam sozinhas na casa, pois Lorde Bourne levara Sophia até Sheffield. As duas contaram tudo que sabiam sobre o que estava acontecendo em Londres com seus amigos e mais algumas fofocas de conhecidos.

— Por que está nervosa sobre o retorno de Lorde Huntley? — perguntou Bertha, quando se sentaram do lado de fora para tomar um pouco de ar fresco à beira da lagoa de Sunbury.

Ruth contou um pouco mais do que vinha acontecendo, pois suas cartas resumiam demais a questão. A verdade era que, das jovens do grupo, a única que passara pela experiência de se apaixonar, envolver-se em enormes problemas e se casar foi Bertha. E ela era a melhor conselheira do grupo, estava fazendo uma falta enorme às outras, ninguém mais tinha o seu bom senso, mesmo que permeado por ideias liberais. O equivalente dela para os rapazes era Deeds, então ele estava assoberbado.

— Ele te beijou de novo! — Bertha interrompeu num momento e bateu palmas, como alguém torcendo por um casal de livro.

— Bem, eu o beijei primeiro.

— Muito ousado da sua parte, Ruth — brincou Bertha.

— Eu sei! Foi mais forte do que eu, ele ia para Londres. Ficaria duas semanas sem vê-lo, e ele estaria no meio de todas aquelas damas belas e solteiras. Acho que quis me despedir, caso ele não retornasse.

— Mas ele retornou! — retorquiu Bertha, triunfante.

— Você não imagina como!

Ruth relatou o que aconteceu depois, incluindo o beijo, sobre o qual foi obrigada a contar com mais detalhes, para deleite de Bertha.

— Não pensei que Lorde Huntley seria um amorzinho e tão bem-comportado.

— Bem-comportado? — exclamou Ruth.

— Demais!

— Mas...

— Sabe o que meu adorado marido fazia?

Ruth estava ansiosa para descobrir e ficou paralisada enquanto Bertha contava um pouco de como Eric a seduziu por uma temporada inteira, bem embaixo do nariz dos outros e sem ninguém realmente saber o que se passava entre eles.

— Ah, Ruth, eu acho que ele não quer assustá-la e afastá-la outra vez. — Bertha já estava apaixonada por eles. — Você demorou um bocado para perceber que estão vivendo um romance.

— Sabe, por muitas vezes, acho que sou a mais estúpida das garotas.

— Pare com isso, você não é estúpida — ralhou Bertha, e até deu um tapa em sua mão, como fazia com as crianças quando estavam aprontando. — Eu acho que ficou muito impressionada com seu primeiro beijo e com o medo de serem obrigados a se casar, lembra-se daquela época? Você mandava mensagens erradas para ele através de leques e vivia em conflito com seus sentimentos. Odiava-o e amava-o o tempo inteiro.

Ruth apertou as mãos. Era verdade. Aquela temporada foi bastante intensa para ela e, depois disso, acabou se retraindo. Se achou muito inadequada por um tempo e logo seu pai voltou a dominar sua vida e lhe arranjou um noivado.

— Bem, ele partiu de novo, e eu penso que sou uma perda de tempo. Ele estaria melhor com alguém mais extrovertida, aventureira e que não se retraia... alguém mais ousada! E que não seja uma boba como eu, que nunca sei o que responder para soar espirituosa, não sei flertar, não sei nada, para falar a verdade.

— Eu entendo, se tentasse lhe dizer quantas dúvidas tive e quanto fugi, ficaríamos aqui o dia inteiro. Porém, não entendo por que está tão determinada a se rebaixar. Ruth, você é ótima. Mesmo com seu pai a protegendo tanto, criou sua personalidade e tem ideias próprias. Não deixe mais que ele ou qualquer um lhe sabote. E Lorde Huntley pode se casar com quem ele quiser.

— Essa última parte era para me alegrar?

— Espere minha conclusão — disse Bertha, sempre calma e articulada. — Como bem sabemos, ele é independente e bastante adulto. Pelo que sei, tem uma ótima mente. Então, se ele quisesse alguém diferente de você, se acreditasse em alguma dessas tolices, não estaria gastando seu dia inteiro para ir vê-la. Várias vezes por semana. Ele mora depois de Sunbury Park, leva umas duas horas para chegar à sua casa, cavalgando rapidamente por atalhos. É muito esforço físico e mental para alguém que está preocupado com qualquer coisa além de vê-la.

Ruth levou um momento digerindo aquilo, enquanto Bertha assentia para ela e tomava um gole do chá de frutas que fizeram para se refrescarem.

— Há outra razão para pensar que ele poderia empregar melhor o seu tempo. Acabei de sair de um noivado arruinado, não estou exatamente disponível — lembrou ela.

— E até onde eu sei, ele que se certificou de que seu noivado jamais se tornasse um casamento.

— Sim, mas ele apenas descobriu tudo que o Sr. Bagwell fazia. Não inventou nada.

— Ele também teve a certeza de armar um plano para você descobrir, os seus amigos presenciarem e assim você não ter outra alternativa além de terminar o maldito noivado. E o plano foi tão escandaloso que nem seu pai poderia impedir o término.

— Sim. — Ruth franziu o cenho. — Pensando dessa maneira...

— Ele fez tudo pelo seu bem, tenho certeza. Além de se certificar de que você estaria melhor sozinha e, em breve, com ele — Bertha concluiu, sorrindo.

— É uma teoria muito boa.

— Não é uma teoria, foi um plano! Espero que não pense que ele fez tudo isso apenas por amizade. Tenho certeza de que ele se envolveria para salvar outra amiga, mas não com tamanha determinação quando os outros ainda nem haviam pensado nisso.

— Eu costumava pensar que era apenas amizade, pois devo ter lhe dito que, no seu casamento, ele foi bastante convincente ao se desculpar pelo que tivemos antes e deixar claro que já podia me oferecer somente amizade. E passou a se comportar com educada reserva perto de mim.

— Convincente só para você, Ruth! — Bertha riu. — Nem Janet acreditou totalmente. E você pediu a ele para serem somente amigos. Naquela época, eu estava junto.

— Juro que foi o que entendi. Aquele dia foi como o fim de algo que não havia continuado da maneira correta.

— Repita para mim o que ele disse.

Eu acho, meu amor, que já está na hora de pararmos de rodar em volta um do outro. Pense nisso.

Provavelmente nunca se apagaria da mente de Ruth.

— Eu acho que você devia ir visitá-lo — decidiu Bertha.

— Sozinha? — Ruth franziu muito a testa. — Ele é solteiro, eu também! Já imaginou se alguém souber que fui à casa dele? Ele mora sozinho!

— Quem vai saber? — Bertha levantou a sobrancelha direita.

— Não sei como me tornei amiga de vocês, nenhuma tem o menor juízo. — Ela sorria enquanto balançava a cabeça. — Ainda bem que as encontrei.

Bertha divertia-se muito.

— Vou lhe contar um segredo que só Lydia sabe. — Ela fez uma pausa dramática. — Eu fugi com Eric meses antes de nos casarmos. Passei quase duas semanas com ele nessa casa. Também viajamos e dormimos juntos como se pertencêssemos um ao outro.

Ruth até soltou um arquejo no meio do relato.

— Depois, quando percebi o meu erro, eu que voltei e o pedi em casamento.

— E ele aceitou?

— Estamos casados, não estamos? — Bertha abriu um sorriso maroto.

— E se alguém descobrir? — perguntou Ruth, em um tom mais baixo, porém ninguém as escutaria ali.

Bertha deu de ombros, até ela teve dificuldades em quebrar as correntes que todas aquelas regras apertavam em volta delas. Enfrentou insegurança e a questão de suas origens, então conseguia entender o receio da amiga. A vida para Ruth não era assim tão simples, teve sua cota de rebeldia, retraiu-se ao ser castigada pelo pai, mas agora era hora de arrumar seu caminho. Ou Lorde Fawler retornaria e a colocaria em mais uma estrada desagradável.

— Bem, você mesma disse que não tem como ficar pior, com todos falando do seu noivado fracassado, sua reputação prejudicada. Levará um tempo até esquecerem, e acho que você não tem esse tempo. Assim que seu pai achar que a poeira baixou, vai mexer na sua vida novamente.

— Ah, não! — Ruth fechou os punhos. — Eu me recuso. Ele me fez sentir muito culpada, mas isso não vai funcionar de novo. Não fiz nada errado! E ele não decidirá mais sobre algo tão importante para o resto da minha vida!

— Concordo. Você devia ir ver como está a tal reforma da casa de Lorde Huntley. Até eu estou curiosa. Outro dia, ele esteve aqui e nos falou que estava atarefado com as mudanças. Pode usar isso como desculpa, mas sabemos a verdade. — Bertha tinha uma expressão conspiratória. — Claro que os empregados vão saber, mas eles sempre sabem. Garanto que não vão traí-los.

Ruth estava mais preocupada com os empregados da casa dela, pois aqueles que trabalhavam para Huntley eram fiéis a ele, mas os seus eram fiéis ao seu pai, por mais que gostassem dela. Teria praticamente que fugir e mentir para onde ia. Mais ou menos como fez hoje, mas disse onde estaria.

— Posso tentar uma manobra arriscada lá em casa.

— Ruth, querida. — Bertha apertou a mão dela. — Pare de rodar em volta de Huntley! Ele é excessivamente bonito para não ser tocado. Ativo demais para não o ocupar lhe agradando. E está há muito tempo armando esse bote à sua volta. Vá mostrar a ele que está enganado e que você não fugirá quando ele a apertar. Ele acha que já a perdeu uma vez, duvido que queira repetir o erro.

— Ele não me perdeu...

— Perdeu sim, você ficou noiva de outro, esteve a semanas de se casar. Já pensou se ele tivesse encontrado uma noiva?

— Seria terrível.

— Às vezes, temos de ser malcomportadas. E arteiras. Sem dúvida, muito ousadas. Ou não ganhamos as melhores recompensas da vida — disse Bertha,

— Acho que eu estava muito mais feliz quando procurava viver assim.

— Além disso, minha casa fica em um dos caminhos para a casa dele. Quem saberá que passou direto?

As duas trocaram sorrisos cúmplices, de quem tinha acabado de planejar uma grande rebeldia. Para Ruth, era enorme. Logo depois, elas escutaram um choro, e a babá trouxe o pequeno Rod. Dessa vez, Ruth o segurou um pouco, conhecendo melhor o primeiro bebê a nascer dentro do Grupo de Devon.

CAPÍTULO 14

Querido Huntley,

Eu gostaria muito de visitá-lo. Tem me feito inúmeras visitas, e eu nunca devolvi a gentileza. Quando poderia ir vê-lo?

Carinhosamente,
Ruth Wright

A resposta só chegou um dia depois, quando ele retornou.

Querida Ruth,
Eu gostaria muito que o fizesse. Quando preferir, estarei à sua espera.

Carinhosamente,
Huntley

Se fosse muito honesta, Ruth teria de dizer que fugiu de casa. Mas, se procurasse suavizar as coisas, diria que saiu de forma furtiva. E ainda se rebelaria, teimando que não devia satisfações à Sra. Peak. A governanta estranhou ao vê-la toda arrumada para um passeio tão cedo. A Srta. Wright deu a entender que iria novamente para os lados de Sunbury Park, mas nunca disse exatamente isso.

— Nem consigo acreditar nessa surpresa! — Graham saiu da casa antes de o cabriolé dela parar à frente da entrada.

— Pois saiba que cortei caminho! — anunciou ela, orgulhosa do seu feito.

— E por onde veio? — perguntou ele, escondendo a preocupação por ela tomar caminhos estranhos e se perder.

— Sheffield! Nunca guiei tão rápido!

Ele abriu a pequena porta, observando seu rosto corado e a animação pela aventura que parecia ter sido o seu percurso até ali. Graham não havia mesmo imaginado que Ruth faria isso, chegou a pensar que ela apareceria acompanhada. Mas ali estava ela, muito feliz por ter chegado.

— Então preciso lhe mostrar mais atalhos para chegar aqui. — Ele a pegou pela cintura e a tirou de cima do veículo. Dessa vez, ela até apoiou as mãos nos seus ombros, como se já esperasse.

— Sim! Estou feliz por vê-lo de novo. — Ela o surpreendeu ao abraçá-lo bem ali na entrada.

— Eu também. — Ele a apertou em seus braços, mesmo com a aba do chapéu dela pressionando seu pescoço.

— Desculpe! — Ruth se afastou e desamarrou o chapéu branco com penas rosas, combinando com seu vestido.

Graham sorriu e manteve o olhar nela; Ruth estava especialmente adorável naquela manhã. E ele não achava isso só pelo seu encantamento por ela. Suas bochechas estavam combinando com o vestido e com o vermelho escuro e profundo do seu cabelo, que ela acabara de expor e o sol iluminava a cor.

Ela colocara um vestido novo só para a ocasião. Era um daqueles que levou o molde para a Sra. Garner, ficara apaixonada e resolvera usá-lo nesse dia. Era lindo, um rosado delicado que lembrava pétalas de rosa. O crepe branco era finíssimo, a cor vinha da segunda camada de seda rosa, e a bainha era delicadamente bordada em três fases. O peito era mais rígido e ornamentado de acordo. O decote em coração era baixo demais para o dia, por isso ela usava um tucker, uma borda branca de renda Mechlin franzida que aparecia por cima, escondendo o topo dos seios. Era uma combinação sedutora e adorável.

— Quer sair do sol?

— É seu jeito de me convidar para entrar? — Ela sorriu, e o cavalariço levou seu veículo para os estábulos, assim ela deu alguns passos olhando a casa dele.

A reforma havia sido mais interna, o exterior já havia recebido cuidados há pouco tempo. Ela podia ver que uma das laterais mais afastadas diferia das outras, parecia mais nova e só agora as trepadeiras floridas começavam a subir novamente pelas paredes.

— Sim, se você quiser.

— Mas é claro! Eu estava tão curiosa! Confesso que esperava algo mais robusto, pedras de outras cores, mas sua casa é encantadora. Por que não disse antes?

No momento, a única coisa que Graham achava encantadora era ela.

— Eu não consigo encontrar um momento em que descreveria minha casa como encantadora. Eu diria que é ampla, está em bom estado, tem uma ala mais nova... poderia até falar da arquitetura mesclada.

— Ah, mas ela é! — Ruth inclinou a cabeça, intrigada pela torre central que era larga e tinha um andar a mais do que a casa.

Quando ela voltou a olhar para a frente, Graham estava perto dela e já descobrira o que chamara sua atenção.

— É a torre da escadaria — explicou ele.

— Deve ser lindo!

— Há um cômodo no topo.

Ruth se aproximou da entrada principal, que era na parte mais curta, pois a casa tinha formato de L com a torre fazendo a conexão entre elas, misturando o estilo muito vertical do palladiano com itens do renascimento gótico. O segundo andar tinha a frente saliente e com três lados, todos cobertos com janelas altas e molduras externas.

— Suas janelas são lindas — elogiou ela, muito ocupada em tentar ver tudo ao mesmo tempo.

Graham ofereceu o braço a ela, que o acompanhou para dentro da casa. Passaram pelo mordomo, que só fez uma mesura e fechou a porta principal. Ruth adorou a sala iluminada, com tons de verde acompanhado por branco; tudo parecia ser novo ou renovado. E era tão clara. Andando pelos cômodos do térreo, ela notou que os espaços das paredes eram divididos como pequenos blocos marcados do lado de fora por vigas. Dentro da casa, cada bloco representava uma janela. Eram muitas.

— As escadas ficam para cá, quer ver? — Ele lhe ofereceu a mão.

Ruth voltou rapidamente e não hesitou em pegar a mão dele e acompanhá-lo. Ela encontrou a galeria da escada e a verdade é que já havia estado em construções maravilhosas, já vira galeria maiores, mas estava apaixonada por aquela.

— Ela é linda!

Ruth subiu o primeiro pedaço da escada e descobriu que a torre era um truque; por dentro, ela não era redonda. A escadaria subia em pedaços, com pequenos patamares entre eles. Era toda branca, com corrimão dourado acima das folhas decoradas que envolviam um dos lados da escada, enquanto o outro era delimitado pela parede coberta de painéis de madeira entalhada.

Graham observava Ruth, sorrindo enquanto ela estava curiosa com o segundo patamar.

— Ah, mas que graça. — Ela passou os dedos sobre o enfeite das vigas do corrimão. Entre cada seção havia uma pouco mais alta do que o resto e com um pequeno cavalo no topo.

— Continue subindo, é logo à sua frente — instruiu ele.

Ao sair da torre, eles podiam dobrar para a outra ala ou para o segundo andar do prédio principal, onde estiveram. Foi para lá que Ruth seguiu, pois era onde ficavam as janelas que ela viu do lado de fora. Ela entrou no cômodo, foi se aproximando lentamente e murmurou:

— Deve ser o meu novo cômodo preferido.

— Pode vir visitá-lo sempre que desejar.

Ruth virou o rosto para ele.

— Eu até me vesti só para essa visita especial — contou ela, avançando para perto das janelas grandes e salientes, que tinham um sofá junto a elas, feito exatamente para caber ali.

Graham também fizera um bom uso do seu novo valete: estava com uma camisa nova por baixo de um colete branco e bordado com um paletó acinturado, de abotoação dupla e de um marrom profundo. Suas calças eram claras e justas, terminando em sapatos de couro.

— Eu também — contou ele.

Ela parou perto da janela, admirando o local onde o sofá sem encosto fora encaixado; dali podia ver todo aquele lado da propriedade. Até imaginava como seria passar o tempo ali, lendo e descansando.

— É muito bonito, você não contou que era assim.

— Você disse que gosta de janelas salientes.

— E você é despretensioso demais, disse que havia uma janela grande, mas que não a apreciava. Sua janela é enorme.

— Ela não era exatamente assim.

— Então, sua reforma foi uma ótima ideia — elogiou ela, pois dava para ver que era novo, pela moldura intacta.

— Você me deu essa ideia.

Ela ficou sorrindo e sentou-se no sofá. Achou aconchegante e olhou em volta, descobrindo o resto do cômodo: parecia uma grande sala, havia um piano, mais sofás e alguns livros em duas estantes que criavam um arco sobre a lareira. E uma mesinha com aparato para chás. Tinha espaço para uma pequena recepção ou para alguém passar o tempo ali.

— Gostei muito de vir até aqui — contou ela.

Graham sentou-se ao seu lado e a observou:

— Estou esperando que venha aqui há muito tempo.

As sobrancelhas dela se ergueram e depois um bonito sorriso sincero iluminou seu rosto. Sua amiga estava certa, ela devia mesmo visitá-lo. Ruth se inclinou rapidamente, apoiou a mão na coxa dele e o beijou. Graham passou o braço em volta dos ombros dela e a manteve perto. Ela apoiou as duas mãos, deixando-o aparar seu peso.

Quando ele a apertou mais junto de si, Ruth o abraçou também, entreabrindo os lábios para que a beijasse daquele jeito que a arrebatou. Graham tocou seu rosto e investiu em sua boca, apreciando-a e curando a vontade de tê-la em seus braços. Pouco depois, ela soltou o ar quente e passou o rosto no dele, que devolveu o carinho. Graham fora barbeado naquela manhã, e Ruth sentiu apenas um leve arranhar, que achou agradável, então pendeu a cabeça, oferecendo a pele nua do seu pescoço para ele.

Graham a beijou ali, e Ruth encolheu os ombros e cerrou os olhos, sentindo-o beijá-la gentilmente até o rosto e roçar seus lábios entreabertos com a boca macia e quente. Ela sorriu e abriu os olhos, vendo que ele a observava bem de perto, com toda a luz das janelas iluminando seu rosto bonito e dando vida à cor mesclada dos seus olhos.

— Eu realmente gosto de tudo que posso ver perto de janelas como essa — comentou ela.

— Eu também — devolveu ele, pois enxergava os detalhes dela da mesma forma, o azul-escuro dos seus olhos, a leves sardas espalhadas pela pele clara, a minúscula pinta perto da lateral no nariz e o corado natural das bochechas.

Ele a segurou pelo rosto e a beijou novamente, pois, se ela desejava ser beijada naquele dia, ele não pretendia perder suas oportunidades.

— Venha comigo, temos uma refeição para fazer em outro local que talvez a agrade.

Ruth o acompanhou de volta para o andar inferior, e ele a levou pela casa até os fundos, chegando a uma sala matinal onde o café da manhã era servido. Esta ficava na parte de trás da casa, proporcionando outra paisagem para ser vista da mesa de refeições localizada perto das janelas. Do lado direito havia a mesa com o buffet que os lacaios aumentavam, trazendo pratos quentes.

— Você mandou nos preparar um desjejum especial! — Ela se divertiu e se aproximou da mesa. — Como sabia que eu chegaria cedo?

— Pura dedução — brincou ele.

O que chamou a atenção dos empregados para a visita foi o pedido para um desjejum maior. Huntley morava sozinho, então cozinheira, mordomo e lacaios já estavam acostumados a servir somente a ele e ocasionais visitas de amigos. Pelo que parecia, a visita daquele dia inspirou um cuidado maior com o cardápio. A cozinheira logo deduziu que seria uma mulher. Os outros acharam estranho, pois, pelas circunstâncias em que ele receberia essa visita, seriam dois visitantes, não? Talvez um amigo casado ou uma dama com uma tia, algo assim.

O mistério havia sido solucionado, mas e agora?

Ruth comeu rolinhos macios com bacon e compota de laranja, um pedaço de bolo coberto com mel e chocolate quente. Graham bebeu café e comeu pão e presunto defumado, rolos amanteigados e a copiou, escolhendo o mesmo bolo.

— Você lê o jornal quando se senta para o café? — Ruth estava curiosa sobre o que ele fazia ali na sua sala matinal.

— Às vezes, geralmente como antes.

— Você volta faminto das suas saídas antes do café — concluiu ela.

— Se você pensa que saio às cinco da manhã da minha cama e vou perambular pela propriedade...

Ela já estava rindo, só pelo tom dele.

— Não acho que você seja tão ativo assim!

— A menos que seja para caçar! — brincou ele.

— Ah, não!

— Tem de caçar cedo!

— Não, não, não! — Ela riu. — É muito cedo, não me faça sofrer!

— Eu jamais lhe obrigaria, estaria de volta antes que percebesse.

Ruth gostou dessa perspectiva, então lhe deu o braço quando ele a chamou para sair para o jardim traseiro. O mordomo e o lacaio trocaram um olhar quando os dois saíram, ainda conversando animadamente.

CAPÍTULO 15

— Aquilo é um Robin! — exclamou Ruth, indo rapidamente para perto do chafariz.

Ela se aproximou e viu que a estátua do pássaro ficava em cima de uma peça central decorada com um tronco que subia do meio da fonte. Havia alguns peixes nadando ali dentro. E, acima de tudo, a ave fora esculpida em uma pose natural, parecendo ter pousado ali para descansar.

— Já não posso dar uma festa para exibir meu leão — brincou ele.

Ruth riu e sentou-se na beirada larga do chafariz para ver os peixes.

— Ora, o Robin também merece uma festa! Tem de comemorar o fim da reforma! Garanto que ninguém viu esse pássaro de jardim tão grande.

— Ainda não chegou ao fim. — Ele sentou perto dela e olhou para a água. — Não é fácil encontrar peixes bonitos.

Pelo tom dele, Graham não parecia achar nenhum peixe bonito, algo que divertiu Ruth. Ela passou o braço pelo dele e encostou a cabeça em seu ombro.

— Seu jardim é muito bonito. Você brincava de correr em volta da casa?

— Talvez eu ainda faça isso algumas vezes. — Ele apertou a mão que ela passara entre o braço e o corpo dele.

Ruth deu uma leve risada, ela estava sempre se divertindo com ele, mesmo nos assuntos mais triviais, e gostava disso. Não queria se preocupar com o que precisariam fazer ou decidir muito em breve se quisessem continuar a ter tanto tempo juntos; por hoje, ela ia apenas visitá-lo.

— Vou lhe levar para locais mais interessantes da propriedade.

Ruth se animou e moveu-se rapidamente no lugar:

— Para fazer algum tipo de atividade extenuante que moças como eu não deveriam?

Graham deu uma risada e ficou de pé, balançando levemente a cabeça.

— Um dia, eu vou lhe falar sobre todas as frases de sentido duplo e duvidoso que você andou me dizendo. — Ele não conteve outra risada, como se ela tivesse dito algo divertido e suspeito demais.

Ela se levantou rapidamente.

— Pode, por favor, começar a esclarecer? Já me bastam todas as mensagens erradas que lhe mandei com leques!

— Nem me lembre disso! Eram os melhores momentos da noite! Você me chamou para fugir duas vezes e, no final, ainda disse que eu era um tirano!

— Huntley! Pare de rir às minhas custas! — Ela colocou as mãos na cintura, mas, depois de tanto tempo, também riu das próprias trapalhadas.

— Vamos cavalgar, é uma atividade extenuante o suficiente!

Ele pegou sua mão e a levou de volta para a casa.

— E por que você continua com esse sorriso e ainda escuto som de risada em sua respiração?

— Porque também estou dizendo frases duvidosas.

— E isso é ruim? — perguntou ela, provocando-o de propósito.

Ele virou o rosto, andando junto a ela para a frente da casa.

— Eu costumo ser um pouco mais direto.

— E pensa que eu não notei — divertiu-se.

Graham foi colocar botas e voltou para levá-la até os estábulos, onde pegou seu cavalo castanho, com certeza seu preferido.

— Sabe que não estou vestida para montar.

— Ah, eu sei — respondeu ele, pois aquele vestido dela só intensificava ainda mais a visão tentadora que ela já era. — Eu vou levá-la.

Ruth ficou surpresa e chegou a abrir a boca, mas lembrou que estavam sozinhos, ninguém tinha que saber. Podia se divertir com ele o quanto quisesse.

— No mesmo cavalo? — indagou, só para saber se estava entendendo direito.

— Com certeza. — Ele montou rapidamente e deu uma batidinha no pescoço do animal, que estava acostumado demais com o dono. — Vamos, Ruth, você vai gostar da nossa aventura.

Ela ficou olhando-o sobre a montaria. Não conhecia outro homem que ficasse tão bem quando parecia pronto para sair em mais uma incursão.

— Sabe o que notei? Além de ativo e inquieto, o senhor é um bocado sem-modos — alfinetou.

Graham lhe deu a mão e a puxou para cima do cavalo tão rápido que Ruth perdeu o fôlego assim que sentiu o corpo dele pressionado contra o seu tão intimamente.

— Eu não sou inquieto — disse ele, perto do seu ouvido.

— E só disso que vai se defender? — Ela apertou o braço dele, sem ter onde se segurar.

— O resto está certo. — Graham a apertou pela cintura e incitou o cavalo a sair rapidamente.

Ruth voltou a respirar em algum momento — sabia disso porque continuava viva —, mas, assim que partiram, ela ficou assoberbada com todas as sensações que tanto contato causava em seu corpo. Uma euforia a dominava, e ela queria rir por estar aprontando algo assim: passar o dia sozinha com Graham e agora montar em um cavalo, presa somente pelo corpo dele.

Antes, ela ficava pensando sobre a sensação do aperto das mãos dele na sua cintura; agora, podia sentir todo o torso dele contra suas costas, friccionando-a conforme o cavalo se movia e a força de suas coxas a pressionava. E os quadris dela estavam grudados contra o ventre dele. Era muito indecente, Ruth queria rir histericamente.

Graham apontou locais, indicou a direção da estufa, passou pela fazenda da propriedade e depois Ruth viu os tetos das casas de alguns arrendatários. Ele cortou o campo, contando que dividia um pedaço de um rio fino com a propriedade de Greenwood e que este rio encontrava outro veio de água e ia dar lá em Bright Hall, em um rio mais largo e profundo.

— Aqui é bonito, vem um vento agradável de lá, é ótimo para dias quentes — comentou Ruth.

Não estava um dia particularmente quente, era ela que estava acalorada, mas o vento era bom do mesmo jeito. Assim como não devia ser um lugar nada agradável no inverno.

Graham desmontou e a tirou de cima do cavalo. A essa altura, ela já ficava esperando-o pegá-la pela cintura como se fosse parte do passeio. Se não tivesse isso, Ruth já nem queria mais ir.

— Eu realmente estou feliz que você tenha vindo, Ruth.

Ele lhe confessou isso enquanto segurava a mão dela e a encarava com pura sinceridade nos olhos castanhos. Se Ruth já não estivesse apaixonada por ele, teria descoberto naquele momento. Mas ela sabia, só teve medo de admitir, porque receava o risco, e tudo que aconteceu acabou com sua confiança.

— Foi a melhor decisão que tomei nos últimos tempos — afirmou Ruth, aproximando-se dele.

Graham a abraçou, apertando-a forte entre seus braços, afagando-a como se isso fosse mesclá-la ao seu corpo. Era o quanto necessitava tê-la junto a ele. Ruth apertou as mãos nas costas dele e fechou os olhos, pressionando o rosto no seu ombro. Havia acabado de decidir que não iria perdê-lo. Ainda estava presa àquela história do noivado desfeito, estava escondida ali no campo até esquecerem isso. Era adequado que levasse um tempo até que assumisse outro pretendente.

No entanto, encontraria um jeito de se manter junto a ele. Até que pudessem ficar juntos de vez.

— Eu quero poder vê-lo, não desejo ser afastada de você — disse ela, apoiando as mãos no peito dele e mantendo-os próximos.

— Eu não permitirei — prometeu. — Ninguém fará isso.

Ele a levou até perto da água e mostrou o caminho que esta seguia, contando para onde ia. Ruth estava curiosa sobre as divisas da propriedade, que se encontrava com as casas de dois amigos deles.

— Por isso vocês se conheceram primeiro, são vizinhos de verdade, dividem fronteiras.

— Mas fronteiras no campo não estão exatamente a uma caminhada de distância — comentou ele, olhando para longe como se as divisas da propriedade fossem algo possível de enxergar dali.

— Mas o que são distâncias para garotos endiabrados e com cavalos rápidos? E que fogem durante o dia! — brincou ela.

Ele riu e passou o braço pela cintura dela, trazendo-a para perto.

— Não sou mais um garoto endiabrado e acabei de fugir com você.

Ruth pendeu a cabeça, olhando-o com diversão.

— Ah, mas você é, Graham. Ainda mais para mim. E nunca para de me fascinar. Adoro que seja assim.

— Eu queria tanto que viesse aqui para lhe dizer o quanto gostaria que ficasse.

Ela levantou as sobrancelhas e manteve o olhar nele.

— Eu gosto de como é, Ruth. Desde o começo, eu a admirei exatamente como é. E gosto de cada mudança que ocorreu nesses dois anos que nos conhecemos. Não quero que sinta que precisa ser diferente.

As palavras dele e a forma sincera como procurava se expressar abriram um grande sorriso emocionado no rosto dela. Seus olhos brilhavam, Ruth não lembrava de ter tido um dia tão feliz, estava entre as melhores lembranças de seus momentos com ele desde que voltou para o campo.

— Você me deixa feliz, eu sinto que vou aprender e amadurecer. É o que quero. Vou conhecer e viver momentos e experiências que não poderia antes.

— Eu me apaixonei por você, pelo que sempre foi, pelo que é agora. Tudo mais que aprender e adicionar à sua personalidade será mais um item para amar.

— Não preciso de nada a mais? — ela perguntou baixo, pois a emoção tomou conta da sua voz. Ele era seu amigo, ela se sentia confortável em expor suas inseguranças.

— Você é única e completa. Já não sabia mais o que fazer para que viesse. Mas falta algo. Você poderá ser feliz aqui?

— Estarei com você. Mesmo que tivesse um leão no chafariz e poucas janelas, não seria empecilho para a felicidade de poder ficar ao seu lado. Descobri um sentimento muito forte vivendo em mim. — Ela tocou o peito, pois era ali que apertava, disparava e lhe enchia de felicidade. — Até demorei a entendê-lo, mas era o amor que lhe dedico tentando me ajudar a ser forte e enfrentar o que precisasse para vir ficar ao seu lado. É onde quero estar.

— É onde ficará. Eu a devolverei de má vontade. Tenho guardado minha afeição, admiração e a insuportável, porém, necessária paixão que sinto por você. Quando estiver aqui, sei que o amor que tenho contido será o motivo da minha felicidade. Algo como o que sinto agora, mas ainda mais forte, pois terei certeza de que nada mais nos afastará.

Ruth deu um impulso e o abraçou com vontade. Ficar com ele era tudo que ela mais queria, mesmo quando não sabia como fazê-lo. E nada a deixaria mais feliz do que saber que ele também a queria.

— Eu quero, quero muito — disse ela, soltando-o e assentindo, tentando não se emocionar. Os sentimentos simplesmente borbulhavam dentro dela.

Graham apertava suas mãos enquanto a olhava com um sorriso carinhoso.

— Vamos resolver isso. Vou até a sua casa assim que sua família retornar. Não vou deixar que demore nem mais um minuto do que o necessário.

Ela assentia, sem nem se importar com a história do noivado anterior; eles dariam um jeito. Graham e ela conseguiriam ficar juntos. Ela descobrira e entendera aquele sentimento que lhe inspirava e lhe dava mais coragem para enfrentar. Era onde estava feliz e onde permaneceria assim.

Antes que ficasse tarde, Graham a colocou sobre o cavalo novamente e a levou de volta, pois ela ainda precisava retornar para casa.

— Vamos ter muito tempo para ver cada canto daqui. Quando você não precisar mais me deixar. — Ele beijou sua mão, antes que ela subisse no cabriolé.

— Visitá-lo já é uma aventura.

— Acho melhor acompanhá-la.

— Não, eu sou capaz de ir e voltar por minha conta. Consegui chegar aqui. Apenas me aponte a entrada do atalho que usa e me fará chegar mais rápido.

Ele se preocupava, mas percebeu que era muito importante para ela poder provar, especialmente para si mesma, que podia guiar seu próprio veículo e chegar aos locais de forma independente. Graham montou novamente e lhe mostrou para onde ir, observando-a até ter certeza de que estava no caminho certo.

CAPÍTULO 16

Já estava perto de anoitecer quando Ruth chegou em casa, guiando seu cabriolé. Um cavalariço segurou o cavalo, e ela pulou do veículo, animada e feliz, mesmo com o corpo um pouco dolorido por ter guiado tanto em um dia só, algo que não estava acostumada.

Ela soube que tudo estava errado quando se aproximou da porta principal e esta abriu e ela se viu olhando para o Sr. Odell, o mordomo da família. Ele não podia estar ali, pois estava trabalhando na casa deles em Londres. Ainda perplexa e subitamente com uma sensação ruim, Ruth mal o cumprimentou e entrou na casa rapidamente.

— Ruth! — A voz infantil a saudou e os sons de passos apressados foram crescendo, conforme seu meio-irmão se aproximava.

Noel, seu irmão de 4 anos, abraçou-a, com a espontaneidade infantil que ainda não lhe havia sido tirada. Ela se abaixou e o pegou no colo; estava funcionando automaticamente. Na sala, seu pai e sua madrasta olhavam para os dois. Lorde Fawler estava de pé. Pela sua expressão, felicidade não era um sentimento esperado. Lena, parecendo preocupada, levantou e se aproximou também.

— Onde você estava, Ruth? — perguntou o pai.

Ela ainda apertava o irmão em seu colo, mesmo que não conseguisse prestar atenção nele no momento.

— Venha. — Lena pegou o filho, mesmo que Noel não quisesse ir.

— Leve-o daqui — mandou o pai.

— Milo... — começou Lena, chamando-o pelo nome, para tirá-lo de sua onda raivosa.

Ela esteve aguentando a raiva dele desde que chegaram e descobriram que Ruth não estava em casa. Pelo jeito, Milo pensava que a filha estava no campo pagando algum tipo de penitência e se mantinha dentro de casa, passando o tempo com tarefas que a distraíssem. Não demorou muito para ele descobrir, através de um interrogatório em cima da governanta, que não era nada disso.

— Leve-o! Ele ainda é muito novo para isso!

Lena levou o filho, mas foi entregá-lo à babá. Noel era uma criança, mas ela não podia ser dispensada da sala.

— Eu estava quase mandando os empregados da propriedade à sua procura! Foi isso que veio fazer no campo? Está anoitecendo. Você não tem permissão para sair de casa sozinha, muito menos ficar fora até esse horário!

— Eu estou sozinha aqui, que mal faria passear?

— Você pediu para sair da cidade, para se preservar de todos os comentários sobre o fim do seu noivado! Foi para isso? A Sra. Peak disse que não foi a primeira vez! Desde quando começou a sair sozinha pelo campo? E ela parecia pensar que deveria obedecer suas ordens sobre isso!

— Eu tenho ido à vila, tenho visitado amigos.

— Você nunca pediu permissão para nada dessa natureza. Se acha que é assim que esquecerão tudo que se passou, só prova o motivo para ter se colocado nessa situação.

Ela fechou os punhos, sentindo a raiva subir pelo seu peito.

— Eu me coloquei nessa situação? O senhor me arranjou esse noivado ruim!

— E não é isso que os pais fazem? É meu dever zelar por você. Iludiu-se com aqueles seus amigos rebeldes, manchou sua reputação e, se ia para Londres em busca de um pretendente, não fiz mais do que minha obrigação em lhe conseguir um.

— Você sabia dos desvios dele! — acusou ela.

— E você, tola e ingênua, pensa que os outros homens não têm desvios? Agora veja como estamos. Falam do escândalo do seu noivado por nossas costas! Não sei quando e como encontrará um bom casamento. E tudo que faz é se comportar como uma mulher sem raízes.

— Pai... — Ruth engoliu a saliva, procurando ficar calma. — Eu não sou uma prisioneira. Vim para o campo me resguardar do que aconteceu e não admito que retire toda a sua parte da culpa e jogue-a sobre os meus ombros.

— Você mentiu para mim e não sairá impune disso! Mentiu e me enganou para vir para cá agir como uma descontrolada. Está recebendo um homem solteiro aqui! Sem acompanhante! E tem se ausentado com ele. Por horas! Achou que eu não ia saber?

— Além de prisioneira, também não posso ter amigos?

— O que mais esteve fazendo com esse rapaz?

— Nada que vá prejudicar minha reputação já manchada — desafiou ela.

Lena retornou e viu que os dois estavam em um embate, mas dava para ver que Ruth não estava disposta a ceder dessa vez.

— Você já se prejudicou!

Ruth chegou mais perto e o encarou.

— Você ainda não conseguiu engolir que eu terminei o noivado sem lhe consultar! Você ia desculpá-lo! Porque ele é um parente seu e um homem! Então, pode perder dinheiro e ter uma amante com um filho! E queria que eu aceitasse tudo isso e me casasse com ele! Por isso diz que sou tola e ingênua!

— E o que está sendo pior para você? Manter um noivado ou ficar solteira e com a reputação manchada? Como você pensa que as outras jovens solteiras se casaram? Já imaginou se todos se pusessem a investigar o futuro marido! Isso é culpa desses seus amigos destrambelhados! Você jamais faria isso por sua conta!

Ruth sentia a garganta arder, ela odiava discutir dessa forma, era raivoso e a deixava aflita. Seu pai sabia disso.

— Você me enoja! Está errado e não admite! Seu dever era me proteger, e você não soube fazer isso quando mais precisei — disparou ela, o surpreendendo. — E ainda por cima me subestima! Sim, meus amigos me ajudaram. É para isso que servem amigos! O senhor não sabe, pois não possui nenhum amigo verdadeiro! Eles nunca fariam nada para salvá-lo!

— Você não vai mais ver nenhum desses jovens malfalados! Está proibida! Eu não sei mais como fazer para consertar o dano! E chego aqui e a encontro fora de casa sozinha ao anoitecer! Isso é inaceitável! Você não teria mesmo a capacidade de aprontar nada daquilo sozinha. Garanto que estaria casada e não teríamos essa enorme dor de cabeça. Chega desse absurdo. Suba e vá para o seu quarto. Achei que já estava velha demais para ficar de castigo, mas posso ver que não consegue parar de causar danos à sua reputação e à imagem dos Wright!

— O maldito do Sr. Bagwell é um Wright também! E ele é um salafrário! Irresponsável! Deve até as calças! E vocês o aceitam! Queriam que eu me casasse com aquele imprestável! Enquanto eu não posso sequer sair de casa?

— Fawler, o que nós conversamos? Você está indo longe demais outra vez! — interpôs Lena, tentando entrar na cabeça do marido.

— Fique fora disso. A responsabilidade sobre as inconsequências que Ruth comete são minhas! Eu devia ter visto que ela não estava vindo para o campo se preservar! Todos por aqui já devem saber que anda sozinha com um dos rapazes rebeldes daquele grupo malfadado!

— Você devia se casar com o Sr. Bagwell, se o acha tão correto! Aceite que eu o dispensei! Não voltarei atrás! — desafiou Ruth, deixando-os espantados com os desaforos que dizia.

Ruth saiu andando pelo corredor que levava para a parte de trás da casa, porém, o pai a impediu, pois ela havia passado dos limites com seu desrespeito.

— Suba imediatamente! Decidirei o que farei com você amanhã! Não vai mais sair e se envergonhar por aí! Como acha que aconteceram meus casamentos, Ruth? Longe dos delírios dessa sua geração irresponsável, as coisas acontecem como devem!

Ela puxou o braço em um movimento brusco, surpreendendo o pai novamente e também a madrasta, que fora atrás deles, pois achou que Fawler daria um tapa na filha.

— Eu não ficarei trancada aqui! Não permitirei que estrague minha vida outra vez! — gritou ela, rubra de raiva e revolta. Seu pai não a entendia, não prestava atenção no que ela dizia, só queria mandar e assim não percebia que ela havia chegado ao limite.

A surpresa que ainda causava por suas reações violentas rendeu a Ruth tempo suficiente para se afastar, com seus familiares no encalço e os empregados da casa escondidos, apenas escutando e mal respirando.

— Eu mandei que fosse para o seu quarto! — rugiu Lorde Fawler. —

Não lhe dei permissão para ir esfriar seus arroubos rebeldes no jardim! Pelo que sei, já fez mais do que devia lá fora!

Ela abriu a porta e se virou:

— Eu não quero mais ficar na sua presença! Estou enojada! E é por isso que não consegue o amor da sua esposa. Ela só o atura por obrigação, pois não conseguiu fugir antes de ter que se casar com você. Mas eu consegui fugir do mesmo destino! É bem-feito que ela o despreze! O senhor merece!

Lorde Fawler foi tomado por uma onda de raiva que o deixou até confuso e foi rapidamente para a porta, mas Ruth saiu correndo da casa, passou pelo jardim e não parou. O anoitecer já havia caído mais desde que ela chegou, porém isso não a deteve. Fawler nem teve como segui-la, ele sequer sabia que a filha podia ser tão rápida. O rosa do vestido desapareceu na lateral da casa, enquanto ela corria, sem dar ouvidos aos chamados dele.

— Chame os lacaios, diga para trazerem lanternas — disse Fawler, parado no gramado, olhando para a direção que a filha tomara.

— Chame você. Não vou compactuar com mais um dos seus erros — rebateu Lena.

— Essa será a noite que todos me desrespeitarão nessa casa? — perguntou ele, indignado. — Sabe que estou certo! Ou acha correto que ela faça o que bem entende? Já está praticamente arruinada!

— Eu já nem sei se você quer ajudá-la ou se é mais mimado do que o nosso filho, mas só tem piorado tudo. — A viscondessa entrou na casa e o deixou lá.

No estábulo, ninguém sabia ainda da briga que acontecera na casa. Quando Ruth apareceu lá ofegante e disse que queria o seu cavalo, o chefe dos cavalariços não fez perguntas e mandou selarem o animal.

— Está anoitecendo, milady. Não quer que eu a acompanhe?

Ele podia ver que ela estava tão transtornada que sequer lhe dava ouvidos. Andava de um lado para o outro, e seu rosto estava marcado por lágrimas. O senhor queria perguntar e auxiliá-la de alguma forma, mas não sabia o que fazer além de obedecer às ordens.

— Posso enviar um dos rapazes um pouco à frente, para iluminar o caminho quando a noite cair por completo — sugeriu ele, preocupado.

Seu cavalo foi trazido, e ele colocou o banco para ela montar. Ruth subiu, sem se importar por suas roupas inadequadas, e, antes de bater os calcanhares para incitar o cavalo, ela disse:

— Não diga para qual lado eu fui!

Ele a viu aprender a montar, já perdera as contas de quantas vezes lhe dera as rédeas e a vira sair. Porém, nunca a galope. Somente vinte minutos depois, um dos empregados da casa apareceu no celeiro e perguntou se algum deles tinha visto a filha do visconde. O chefe dos cavalariços lembrou da última ordem dela:

— Por quê?

— Ela desapareceu. — O lacaio baixou o tom e desviou o olhar para os cavalariços que estavam próximos, cuidando do veículo e dos cavalos que chegaram de Londres. — Houve uma grande briga na casa. Eu desconfio que Lady Ruth fugiu. Mas não podemos alardear isso ainda, seria problemático.

O senhor franziu o cenho, eles estavam muito atrasados se achavam que ela fugira a pé e estava em algum lugar da propriedade.

— Então alardeie, foi exatamente o que ela fez — informou.

O Sr. Kranz saiu da sala de jantar rapidamente e, quando voltou, estava com uma expressão de dúvida no rosto. A parte boa do seu lorde morar sozinho era não ter de chamá-lo no canto nem disfarçar para os outros membros da família.

— Milorde, terei de interromper seu jantar. Sua convidada retornou!

Graham não teve tempo de pensar em motivos, pulou da cadeira e foi atrás dele. Seu mordomo não era idoso, então estava em condições de correr, algo que fez, indicando o caminho. Eles chegaram ao estábulo, e Graham correu para perto de Ruth, que estava junto ao seu cavalo, como se precisasse dele para protegê-la.

— Ruth! — Graham chegou perto dela. — O que lhe aconteceu?

Ela finalmente soltou o cavalo e foi para os braços dele. Quando encostou o rosto em seu ombro, deixou o choro de medo dominá-la. Atrás dele, o mordomo fazia sinais, e os empregados dos estábulos se afastaram, levando o cavalo dela.

— Eu me perdi, ficou muito escuro — murmurou ela. — Meu cavalo escolheu o caminho certo. Os estábulos...

Graham não gastou tempo fazendo perguntas, ele a levou para casa e só voltou a falar quando estavam lá dentro, num lugar quente e iluminado. Ele pôde ver seu rosto manchado por vários caminhos de lágrimas e seus olhos irritados. Ela parecia muito triste para se importar com o resto. Só cruzara os braços e olhava para baixo. Ainda usava o mesmo vestido de mais cedo naquele dia.

— Ruth, por que estava cavalgando sozinha? Está tudo escuro. — Ele estava confuso sobre o que sentir. Pensava nela sozinha na estrada, àquela hora da noite, e sua mente tinha dificuldade em aceitar isso.

— Meu pai retornou — murmurou ela. — Muito antes. Ele estava lá!

Graham fez um sinal para o Sr. Kranz; precisava que ele abrisse um quarto de hóspedes. Mas até parece que um mordomo profissional precisava que alguém lhe mandasse fazer isso naquelas circunstâncias. Ele já enviara duas criadas para o segundo andar.

— Diga-me o que aconteceu — pediu ele, levando-a para mais perto do fogo.

— Ele voltou, eu cheguei, e ele teve um de seus arroubos raivosos.

Graham segurava uma das suas mãos, mantinha o olhar nela e fazia sinais com a mão livre, abusando da habilidade do mordomo de entender sinais. Porém, logo depois, uma xícara de chá foi colocada em sua mão, e ele fez Ruth beber. Ela estava sedenta e bebeu tudo, enquanto emitia sons de tristeza.

— O que ele lhe fez? — Graham devolveu a xícara e fez outro sinal, mas franzia o cenho enquanto a olhava, pensando até onde iria sua revolta para ir agredir um visconde mais velho do que ele e pai da mulher com quem iria se casar.

A xícara foi colocada na mão dele novamente, com mais chá.

— Ele... — Ruth bebeu mais, ele segurava a xícara e ela sorvia. — Me agrediu com palavras, como sempre faz. Só que tem ido mais longe a cada vez. Não aguento mais.

Ela sorveu mais chá e pausou, passou a mão pelo rosto, mas elas estavam sujas, e Graham devolveu a xícara e apalpou o bolso, mas estava sem um lenço. No momento seguinte, o mordomo colocou um pedaço de linho limpo e fino na mão dele, que limpou o rosto dela.

— Eu ia me tornar uma prisioneira. Ele não aceita que terminei o noivado. Pretendia me prender no quarto. — Voltou a chorar e cobriu o rosto com a mão.

Graham aproveitou e franziu o cenho para o mordomo, que sinalizou, avisando que o quarto estava aberto e arejado.

— Aqui, beba um pouco mais — pediu ele, ao pegar a xícara novamente.

Ruth levantou a cabeça e bebeu lentamente.

— Eu nunca mais o veria! Ele ia acabar com a minha vida novamente. Eu me desesperei e fugi!

Agora, ela o abraçou subitamente e choramingou em seu ombro. A essa altura, Graham estava quase sinalizando para o mordomo ir pegar uma arma, para ele acertar o visconde de Fawler. Seria muito difícil para o Sr. Kranz dizer — através de sinais e movimento dos lábios — que isso não era aconselhável, pois eles não poderiam se casar durante o luto.

— Venha comigo, você está segura aqui.

Graham a levantou em seu colo. Ruth manteve os braços em volta do pescoço dele e, assim, não via o Sr. Kranz andando à frente e se comunicando com seu lorde silenciosamente.

— E se vierem atrás dela? — perguntou o mordomo, sem emitir som e exagerando nos movimentos da boca.

— Minta — instruiu Graham, a caminho da escadaria.

Só quando ele a colocou sentada numa poltrona do primeiro quarto de hóspedes da ala lateral foi que Ruth conseguiu se recompor um pouco. Foi muito estressante para ela chegar ali. Fugiu em desespero, porém, no meio do caminho, a noite caiu e ela se perdeu. Continuou pelo que parecia a direção certa, mas nunca chegava e ela ficou com muito medo. Nunca estivera sozinha em uma situação como aquela e também não sabia voltar.

Nem queria. Preferia se perder nos bosques vizinhos.

Seu cavalo preferiu um caminho para a direita, e ela viu de longe as luzes do estábulo da propriedade de Huntley. Havia tomado o caminho certo, mas, em algum momento, deu uma volta a mais e continuaria dando voltas se tivesse virado à esquerda.

Porém, agora que chegara, também não sabia o que seria dela.

— Ele disse que eu nunca mais poderia ver meus amigos. E nem você. Acusa-me como se eu tivesse gastado todo o dinheiro e escondido um filho. Eu fui longe demais, de todas as formas.

Graham sentou-se à frente dela e apertou suas mãos.

— Nada disso vai acontecer — afirmou ele.

— E o que faço agora?

— Descanse. Sua noite já foi assoberbada demais.

Ela passou as mãos pela saia do vestido e olhou para seu corpete.

— Minha roupa está arruinada. Não tenho mais sapatos, não sei como cheguei tão baixo.

Ela esteve usando sapatilhas de cetim, que estavam arruinadas, e perdeu uma delas quando parou o cavalo e percebeu que estava demorando demais para chegar.

— Eu lhe garanto que a cama para onde vai não irá reparar em seus trajes.

Mas ela estava ocupada reparando em si mesma e passou a mão pelo cabelo que caía do lado direito do penteado desfeito.

— Para piorar, estou imunda.

— Não quero me gabar, mas mandei colocar muitos canos novos. Temos água nesse andar — informou ele, procurando desviar sua atenção e lhe dando soluções.

Ruth ficou ali sentada, ainda estava muito magoada. Seus olhos se encheram de lágrimas várias vezes. Toda a situação a sobrecarregou emocionalmente. Graham sentou-se na ponta da poltrona para ficar mais perto e afastou o cabelo para as costas dela. Tocou seu rosto, acariciando gentilmente até abraçá-la e mantê-la assim por um tempo.

Minutos depois, ela se acalmara e, em vez de chorar, apenas fungava. Quando se sentiu melhor, tomou a iniciativa de liberá-lo do amparo que lhe dava.

— Eu gostaria de me banhar agora — pediu.

Graham deixou o quarto e uma das criadas entrou, para auxiliá-la. O Sr. Kranz e outra empregada aguardavam no corredor.

— Encontre roupas para a noite — ele pediu à mulher, que saiu rapidamente. — Providencie a ceia. — Graham se virou para o mordomo.

— Já providenciei, milorde.

Ele observou seu lorde cruzar os braços e franzir o cenho seriamente, como se pensasse em algo complicado.

— Há algo mais que possamos fazer pela dama?

— Não por esta noite — respondeu Graham.

Depois que tomou banho, Ruth se encolheu em um roupão que lhe trouxeram — era muito grande para ela, desconfiava que pertencia a Graham. A criada mais jovem, Ilma, voltou com uma bandeja contendo a ceia. Ruth devia estar com fome, pois perdera o jantar e gastara sua energia cavalgando, mas seu apetite não vinha. Então, a outra criada retornou com uma camisola branca, de mangas compridas e babados de renda, parecendo nova, mas, pelo modelo, não cabia na moda atual.

— Sente-se melhor? — Graham entrou no quarto assim que ela pediu para chamá-lo.

— Sim, um banho quente pode operar milagres — disse timidamente. Agora que se recuperara do susto, estava sem graça por todas as emoções que soltou sobre ele.

Graham sentou-se na beira da cama e olhou a bandeja, ainda muito cheia.

— Eu sei que aqui tem coisas que apreciou mais cedo — comentou ele e tomou a liberdade de ajudar.

Ruth aceitou o pão doce no qual ele passou geleia de laranja em duas fatias e bebeu o chocolate quente que ele serviu na xícara. Depois, Graham deixou a bandeja na mesa lateral e voltou para perto dela. Ruth ajeitou as cobertas, mas não estava preocupada por ele a ver em roupas de dormir.

— Essa camisola é bonita e macia — elogiou ela, passando as mãos pelo tecido branco de algodão, com alguns bordados na frente do peito e renda nos dois lados do caminho de botões. Ruth o olhou pelos cantos dos olhos. — Ela não pertenceu a alguma visita feminina, não é?

Ela estava sendo muito sutil para saber se vestia a camisola de alguma namorada dele, mas a verdade era que não queria dar títulos às outras que estiveram por ali antes dela. Isso a deixava enciumada.

— Pertencia à minha mãe. Ela dificilmente me visita, mas o que deixou em seu quarto permanece lá. — Ele lhe lançou um olhar divertido.

Ruth se aconchegou contra os travesseiros, confortável com a informação. Dobrou as pernas por baixo das cobertas e apoiou os braços sobre os joelhos.

— Ainda não consigo dormir, sinto o corpo cansado, mas minha mente ficará ocupada demais. Conte-me algo interessante.

— Quer que eu leia para você?

— Não, conte-me algo mais sobre você. As coisas que fazia nessa casa quando era mais novo. Ela já era assim?

Ele pensou por um momento, reunindo lembranças, e começou lhe contando que já fugira várias vezes, mas, no seu caso, foi por traquinagem e sempre retornava ao anoitecer. Mas, uma vez, se perdeu e só foi encontrado na manhã seguinte. Sua mãe lhe deu uma surra de xale, que ele mal sentiu, mas então seu pai apareceu e compensou o problema com palmadas. Ruth já ria enquanto ele descrevia um traseiro dolorido e um estômago roncando, pois primeiro levou as palmadas, depois foi mergulhado numa banheira de água quente e lavado e só então pôde se sentar à mesa com os adultos para tomar o desjejum.

— Você mereceu ficar de castigo.

Graham abriu as mãos, concordando. Foi uma criança inquieta até a morte do pai. Dali em diante, as coisas mudaram um pouco quando estava em casa, mas passava muito tempo no colégio.

— Você não parece nada sonolenta — comentou ele, virando-se mais onde estava sentado, assim podia encará-la. — Temos uma coisa a resolver, Ruth.

— O quê? — Ela levantou a cabeça e enlaçou as pernas.

— Depois do que aconteceu hoje, Lorde Fawler não poderá ser contido por nada que não seja extremo.

Com a menção ao pai dela, Ruth murchou outra vez. Foi ingenuidade sua achar que poderia pensar nele somente no dia seguinte. Já durante a manhã isso teria de ser resolvido. Graham abriu a mão para ela, e Ruth encaixou a palma ali, sentindo-o apertar.

— Eu fui verdadeiro em tudo que lhe disse. Quero estar ao seu lado. E quero que esse seja o lugar perfeito para se sentir feliz. Vamos resolver isso.

— E parar de rodar em volta um do outro? — perguntou ela, citando-o.

— Sim. Chega de rodar. Vamos nos casar. Eu sei do seu noivado, ajudei a impedi-lo. Vamos esperar dois meses. É tempo suficiente para uma pausa e para os proclamas correrem. Não me importa se mesmo assim dirão que saiu de um noivado para um casamento com outro homem. Sempre terão algo a dizer.

— Eu também não me importo, de verdade.

— Além disso, sou um partido muito melhor do que o palerma do Bagwell. Nem se compara — disse ele, fingindo falsa modéstia. — Diga que é muito esperta e notou isso a tempo. Não podia me deixar escapar. — Ele abriu um sorriso convencido.

— Sim, todas as fofoqueiras me acharão muito inteligente, dirão que foi tudo de caso pensado e que planejei me livrar do noivo falido e sem título e arranjar um conde jovem e bem de vida! — enumerou Ruth, animando-se.

— E tudo com a ajuda daquele grupo de rebeldes! — completou ele, sorrindo.

Ruth abriu um sorriso e se inclinou rapidamente, abraçando-o enquanto se ajoelhava. Graham a segurou, e ela apertou o rosto dele entre as mãos, beijando-o várias vezes antes de envolvê-lo pelo pescoço e deixar que a beijasse longamente. Somente com o tecido fino da camisola cobrindo-a, Ruth podia sentir os botões do paletó dele e o toque vívido das mãos em suas costas. Era mais uma das boas descobertas que tinha com ele. Pensara que seus vestidos eram finos, mas sempre havia várias camadas de roupas entre eles. Dessa vez, só ele estava apropriadamente coberto.

Graham a colocou de volta no lugar, disfarçando sua urgência, e puxou as mantas sobre suas pernas. Depois, tocou a sineta e ficou de pé. Ruth remexeu nas cobertas, puxando-as para cima.

— Vamos falar disso pela manhã — pediu ele. — Antes que eu vá visitar o seu pai.

— Você poderia ficar — sugeriu ela. — Eu me sentiria melhor.

Graham ergueu as sobrancelhas e chegou a abrir a boca, mas a criada entrou e pegou a bandeja, perguntou se Ruth precisava de mais alguma coisa e partiu logo depois.

— Ninguém precisa saber — murmurou ela, mas cruzou os braços, apertando a colcha e preparando-se para a rejeição.

— Eu preciso me trocar — falou ele, dando uma rápida olhada no relógio. — Tenho um novo valete.

— Você encontrou um! Bem... eu já posso costurar umas coisas para você sem que seja... estranho.

Ele saiu do quarto com um sorriso. Ruth ajeitou os travesseiros e deitou, mas não apagou as luzes porque sentia-se melhor assim. Já havia ficado no escuro da estrada e, por enquanto, preferia ter as chamas próximas que espalhavam luz amarelada em volta dela.

Mesmo que parecesse simples decidir seu casamento com Graham, ela estava preocupada outra vez. Não sabia como ele faria, seu pai poderia simplesmente ter um daqueles arroubos e proibir tudo, pois ele nunca foi consultado sobre nada disso e, quando soube do possível envolvimento dela com Huntley, sequer perguntou em que pé estava. Ou se ela tinha sentimentos pelo rapaz. Sua primeira reação foi castigá-la e proibi-la de se relacionar com seus amigos, incluindo Graham. E ela respondeu se rebelando.

Graham retornou um pouco depois, esgueirou-se pela porta e disse baixo:

— Tudo bem, ninguém vai saber.

Ela ficou contente e se sentou na cama rapidamente. Ele deslizou para baixo das cobertas dela sem hesitação e ajeitou travesseiros ao lado. Graham apagou a luminária do criado-mudo, mas, agora que ele estava ali, Ruth não se importava por terem pouca luz. A lareira queimando baixo e um candelabro sobre a mesa com as chamas ainda não extintas eram suficientes.

— Obrigada — sussurrou ela, aconchegando-se perto dele.

— Eu gosto de ficar junto a você, Ruth. Não tem de agradecer por isso.

Ela sentiu o braço dele em volta dos seus ombros e se encaixou no espaço contra seu corpo. Imaginava que ele usava só aquele pijama e gostou da sensação de proximidade.

— Eu me sinto bem com você. — Ela o olhou na penumbra e afastou os fios lisos do cabelo dele. Aquele era seu novo momento preferido. As mechas lisas caíam para todos os lados sobre o travesseiro, e ela podia penteá-lo com as pontas dos dedos o quanto quisesse. Sem qualquer pessoa para vê-los.

Graham se virou e tocou seu rosto, os nós dos seus dedos passando pela trança que caía pelo colo dela, e brincou com a renda da camisola. Ela não parecia mais preocupada ou triste, e ele se deleitou em tê-la junto de si tão intimamente.

— Sabe, é interessante que estejamos escondidos numa cama pela primeira vez, e você esteja com uma das camisolas de rendinhas da minha mãe.

Ruth soltou uma gargalhada tão forte que a deixou sem ar, e não conseguia parar de rir. Até se virou e tampou o rosto, com as risadas saindo sem parar.

— Graham! — Ela riu. — Se alguém me escutar rindo, pensarão que enlouqueci!

— Eu moro sozinho. — Ele riu também.

Ele voltou a virar de barriga para cima, e as risadas ainda saíam a certos intervalos. Ruth relaxou e tornou a deitar junto a ele, às vezes, sua respiração mudando com os risos. Ela dormiu com um dos braços sobre o corpo dele, respirando seu cheiro já familiar e experimentando o que realmente era não se importar com mais ninguém além deles.

CAPÍTULO 17

O café da manhã foi servido bem cedo. Graham se esgueirou de volta para o seu quarto, e seu novo valete não pareceu desconfiar. Ele buscou Ruth no quarto de hóspedes. Ela estava usando um robe matinal por cima de um vestido branco que ficava um pouco largo nela.

— Você tem passadeiras largas e bonitas por todo o corredor — notou, indo ao lado dele.

— Para abafar o som dos passos. E é mais fácil para entrar escondido no quarto de belas damas com dificuldade para dormir — sussurrou e lhe deu um sorriso cúmplice.

Ele a levou até a sala matinal, sentou na cadeira próximo à sua e falou de outros assuntos que não envolvessem o problema atual. Porém, quando Graham terminou o café em sua xícara, ela soube que ele ia sair.

— Você não quer ir comigo? — indagou ele, parado junto a ela na saída traseira.

Ruth apertava as lapelas do robe e franzia o cenho, mas balançou a cabeça, negando. Ela sabia que estava errada, mas a última coisa que queria no momento era voltar para lá e entrar em outro enfrentamento com seu pai. Ele não se cansava de magoá-la, e ela sentia que, desde que assumira a vida adulta, o comportamento dele era como um ataque contra ela.

Parecia que a única coisa que importava era prevalecer a vontade dele e não o bem-estar dela. Era difícil sentir-se ameaçada e atacada dentro de casa.

— Poderia esperar na carruagem — ofereceu ele, observando a tensão em seu rosto.

Ela franziu o cenho para ele, e Graham se ocupou, calçando as luvas.

— Eu vou ter uma conversa séria e breve com Lorde Fawler e prefiro que não me veja faltando ao respeito, caso seja necessário.

— Ele já pensa que perdi todo o respeito, isso não fará diferença.

Pois faria, com certeza Fawler ficaria muito mais irado e irascível se a filha estivesse junto quando Graham tivesse de encará-lo e ser mais inflexível do que ele.

— Devo esperá-la?

Ruth virou o rosto e manteve o cenho franzido, mas escutou Graham rir e tornou a olhá-lo.

— Tudo bem. — Ele chegou mais perto dela. — Apenas me diga que é isso que deseja, não haverá volta.

— É tudo que mais desejo.

Graham beijou seus lábios ao se despedir e partiu.

O Sr. Odell entrou apressadamente na sala; já estavam todos acordados. Lena dormira mal, mas esteve cansada da viagem e foi descansar com o filho. Depois de descobrir que Ruth não estava na propriedade e cometera a ousadia de fugir em um cavalo, Milo andara de um lado para o outro a noite toda.

Ele teve certeza de que ela iria voltar assim que esfriasse a mente e a noite caísse, porém, a filha não reapareceu. Ele estava corroído de culpa e preocupação.

— Milorde, o conde de Huntley está aqui para vê-lo.

— Não vou receber ninguém! — Foi a reação dele, sem prestar muita atenção.

Lena se levantou e deixou o filho no sofá; ela conhecia bem esse nome.

— Huntley. — Ela olhou para o marido. — Ontem à noite, você proibiu a sua filha de voltar a vê-lo, lembra-se?

As sobrancelhas de Fawler se ergueram imediatamente. Claro que não era uma coincidência, mesmo que o homem morasse afastado o suficiente dali para ele não imaginar Ruth chegando até lá a cavalo e após o anoitecer. Desde quando ela fazia esse tipo de coisa?

— Traga-o aqui! — ele ordenou ao mordomo.

— Ele disse que o esperará na porta — avisou o Sr. Odell e o esperou sair para dar o recado destinado à viscondessa.

Fawler apareceu à porta no momento seguinte, escancarando-a. Parecia perto da histeria.

— Onde está minha filha? — perguntou, afoito.

— Depende — respondeu Huntley, que, diferente dele, estava bem calmo.

— O quê? Não ouse me enrolar! Depende do quê?

— Do que o senhor vai dizer daqui em diante.

Milo não podia acreditar nele, estava até ofegando, e o rapaz ainda queria fazê-lo raciocinar?

— Você enlouqueceu, garoto? Diga agora onde ela está!

— Eu não sou um garoto, tenho 27 anos, sou um conde desde os 13. E, hierarquicamente, não sou seu inferior; na verdade, é o contrário. Então espero um tratamento de acordo. Preciso saber se vamos anunciar um noivado e um casamento em comum acordo. Ou será só um casamento às pressas, sem a sua participação.

Lorde Fawler ficou olhando-o com uma expressão perdida e finalmente parou para respirar fundo. Estava tão fora de si que não parou para entender o significado daquela visita. Se Huntley estava ali lhe falando sobre casamento, então, sua filha estava bem.

— Então ela está bem, está com você?

— Imagino que isso signifique que será um noivado. — Graham o olhava seriamente.

Milo respirou fundo outra vez. Estava odiando a situação, mas a noite que teve de passar sem saber onde Ruth estava, se havia se machucado ou algo pior, deu-lhe tempo para se conscientizar e perceber que apertara demais, por isso ela não viu outra opção senão fugir.

— Se a minha filha estiver bem, sim.

A expressão de Graham ficou mais leve.

— Ela está bem. Imaginei que estaria preocupado, mas tem uma péssima maneira de demonstrar. Vou trazê-la e vamos anunciar oficialmente o noivado para sua família.

Fawler não estava acostumado a pessoas lhe informando o que faria, ainda mais em sua casa. A ousadia de obrigá-lo a ir até a porta e nem se preocupar em entrar já mostrava que seu futuro genro não teria problema algum em lhe fazer desfeitas.

Isso não mudava a opinião de Milo sobre os jovens rebeldes do grupo de amigos de Ruth, mas ele demonstraria ignorância se não concordasse que o pretendente à sua frente não podia sequer ser comparado ao outro com quem ele tentou obrigá-la a se casar.

— Passou pouco tempo desde o outro noivado — lembrou o pai.

— Eu sei, vamos marcar a data do casamento mais para a frente. — Graham já tinha pensado em todos os lados. Como dizia, Ruth e ele passaram muito tempo rodando em volta um do outro.

— Ela não pode ficar na sua casa — informou Fawler. — Isso não é negociável.

— O senhor realmente acha que não temos noção de limites e consequências. — Graham balançou a cabeça para ele. — Não vai proibir nossas visitas.

— Acredito que o senhor foi um dos responsáveis por ela se livrar do noivado anterior — declarou Milo, sabendo que a culpa foi daqueles amigos dela.

— Eu fui o principal responsável, senhor, mas com bastante ajuda dos nossos amigos. Eles são muito leais. — Havia um leve sorriso no rosto dele ao informar isso.

Milo bufou, é claro que seria pior do que pensava. Ele queria entender como tudo isso aconteceu e como Ruth se envolveu em todos esses acontecimentos bem embaixo do seu nariz.

— Então vamos mesmo nos ver por muitos anos.

— Sim, vamos — confirmou Graham.

— Huntley, não é? — Fawler achava que era melhor começar a se entender com o futuro marido da filha. Cabeça dura como era, não queria ser o parente que não era convidado e mal via os netos.

— Graham Courtin, conde de Huntley. Deve saber que não moro muito longe daqui.

— Eu reparei que estou cercado por todos vocês. — O tom dele não era exatamente de felicidade.

— É Devon — disse ele, como se explicasse tudo, e lhe estendeu a mão. — Estamos acertados?

— Da forma mais inesperada para mim. — Milo apertou sua mão.

Graham meneou a cabeça, despedindo-se.

— Trarei a minha noiva assim que ela estiver disposta.

Fawler procurou não se importar com a frase não ser "trarei a sua filha". Sua Ruth havia encontrado seu próprio jeito de seguir seu caminho. E sem ajuda do pai. Então ele finalmente concluiu que o melhor a fazer era não atrapalhar.

— Eu lhe trouxe um pacote da sua casa — revelou Graham, ao entrar na sala do segundo andar.

Ruth o viu chegando e ficou no seu cômodo preferido da casa: a sala frontal que conhecera no dia anterior, com a janela saliente e o sofá encaixado embaixo dela.

— Você está de bom humor — notou, achando até estranho. — Meu pai não estava lá?

— Sim, ele estava.

— E ele teve um mal súbito?

— Ainda não.

Ele deixou a caixa sobre a mesa mais perto e se aproximou dela. Ruth estava desconfiada do seu suposto bom humor, pois era difícil ver alguém reagir assim depois de uma "conversa séria" com o seu pai.

— Eu encomendei algo quando voltei de Londres, trouxe de lá comigo, mas não podia usar. Você me surpreendeu quando quis me visitar e fiquei tão exultante com sua presença nessa casa, que só pensei em fazê-la gostar de estar aqui comigo.

Ele se sentou ao lado dela, de costas para a grande janela principal, iluminado por todos os lados pela luz que entrava através dos vidros cortados por divisões de madeira.

— Achei que já poderia presenteá-la da próxima vez que fosse vê-la, mas não vou desperdiçar a chance de tê-la aqui comigo outra vez. Seu pai não será um impedimento para nós. Eu gostaria que aceitasse um pequeno presente.

Ele lhe deu uma pulseira delicada, com pequenas pedras rosadas, sutil o suficiente para ela usar por baixo da luva, se assim desejasse.

— Você é escandalosamente encantador, Graham! — Ela se inclinou em sua direção e o abraçou.

Ruth beijou seus lábios e mostrou o pulso nu para ele prender o presente. Ficou bonito e do tamanho certo. Ela sorria, seus olhos azuis brilhavam, e não demonstrava mais resquício do distúrbio emocional que sofreu na noite anterior. Como ela dizia, Graham lhe fazia muito bem.

— E sabe como me alegrar e encorajar. Vou aprender muitas coisas novas ao seu lado. Eu devia ter enxergado o caminho para perto de você mais cedo.

— O que importa é que nós o percorremos agora. — Ele beijou o dorso dos dedos da mão onde tinha prendido a pulseira e depois os lábios dela.

Ele trouxe a caixa para mais perto e mostrou a ela que havia roupas ali dentro: um vestido, sapatilhas e itens pessoais que Ruth poderia usar para se arrumar. Ela franzia o cenho, mas pegou a caixa e levou com ela para o quarto de hóspedes. Algum tempo depois, estava com sua vestimenta completa no jardim frontal da propriedade, mas parecia muito contrariada.

Lena lhe enviara um vestido de musselina branca e colarinho alto com a barra toda enfeitada em seda azul. O spencer que acompanhava tinha o mesmo tom delicado de azul, e dragonas e punhos trançados com renda branca. O chapéu também foi escolhido para combinar com o traje, assim como as sapatilhas cobertas em cetim. Ninguém que a visse na estrada diria que não havia saído de casa naquela manhã para uma visita.

— Ruth. — Graham se aproximou e parou ao seu lado. Como ela nem o olhou, ele segurou em seus braços, virando-a de frente.

— Eu não quero — murmurou ela, chateada.

Ele reparou no franzir de seus lábios e na forma como ela desviou o olhar para um ponto qualquer, encarando de forma mal-humorada.

— Sabe que tenho de levá-la de volta para sua família.

— Ainda estou muito chateada. Meu pai deve estar de péssimo humor, não terei muito o que fazer lá. Ficarei presa.

— Ele não será um impedimento.

Ela voltou a olhá-lo.

— Mas eu não quero.

Graham não ia simplesmente arrastá-la, e Ruth sabia disso. Ela se aproximou e o abraçou, apertou os braços em volta do torso dele e levantou o rosto para encaixá-lo na base do seu pescoço. Ele a segurou, envolvendo-a em seus braços. Nenhum dos dois tentou se afastar nos minutos que se passaram, até que ele disse:

— Eu sei perfeitamente como será esse casamento. Você irá torcer esses lindos lábios e me olhar como fez, e eu irei ceder.

— Eu também irei abraçá-lo — respondeu ela, apertando um pouco mais, como se precisasse lembrá-lo da sensação que já estava sentindo.

Graham finalmente a soltou e pegou sua mão, voltou para dentro e disse para o Sr. Kranz chamar os criados principais que estivessem na casa.

— Devem ter percebido que situações atípicas têm acontecido nos últimos dias — começou Graham.

Na verdade, os empregados achavam que coisas atípicas vinham acontecendo desde que ele voltara da temporada antes do esperado e passou a sair e ficar quase o dia todo fora. Pelo que descobriram, ele ia visitar uma moça.

— E também já conheceram a Srta. Wright. — Ele indicou Ruth, que estava ao seu lado. — Nós estamos noivos, vamos nos casar em breve.

O mordomo, a governanta, o novo valete, o primeiro lacaio, o chefe dos estábulos, Ilma, e a Sra. Lane — as duas que atenderam Ruth na noite anterior — reagiram com entusiasmo. O valete bateu palmas sutilmente, o que encorajou os outros. Claro que a visita e estadia da jovem foram assunto na casa, mas ninguém podia tirar conclusões precipitadas.

— Nós estamos muito felizes com a notícia, milorde. E com sua consideração em nos informar antecipadamente — disse o Sr. Kranz.

Graham tinha apreço pelas pessoas que viviam na casa com ele. Com exceção do novo valete, todos estavam ali há muito tempo. E ele morava sozinho, ou melhor, com seus empregados.

— Vai ser uma honra servi-la, madame — terminou o mordomo, como porta-voz que era dos empregados.

Ele fez um sinal com a mão, dispensando todos, que sumiram pelo corredor em segundos. Ruth continuava com um sorriso na face e lembrou de desamarrar seu bonnet e tirá-lo.

— Ilma daria uma ótima camareira, você devia promovê-la — informou.

Graham deu uma boa risada; ela usara um tom de intromissão propositalmente. Ruth até já guardara o nome da jovem.

— Você pode fazer isso assim que se mudar.

— Pode apostar que farei. Agora, acha que posso encontrar um vestido mais robusto entre os pertences esquecidos de sua mãe? — Ela pausou enquanto o olhava. — Pare de rir! Estou falando sério! Quero que me leve para cavalgar de novo. Vou aprender a ser mais rápida e confiante, passarei como um raio pela estrada. Não quero ficar para trás quando sairmos com nossos amigos.

— E acha que eu a deixaria para trás?

— Não quero que me espere! Quero que me ajude a ser mais rápida.

Ele assentiu e a pegou pela mão, levando-a para a escadaria da torre, pela qual Ruth continuava apaixonada.

— Vamos vasculhar o antigo quarto de vestir da condessa viúva!

Quando eles voltaram do passeio, já perto do anoitecer, Ruth foi surpreendida pelo primeiro agrado das pessoas da casa.

— Você o consertou! — exclamou ela, levantando seu vestido rosa. — Achei que estava arruinado!

Roche, o valete, permanecia de pé com um sorriso orgulhoso. Ilma observava tudo. Ele havia costurado a barra rasgada e a manga descosturada, e conseguira tirar as manchas, deixando-o para secar no sol daquele dia de verão. Depois o trouxera para dentro e passara à perfeição, com o conhecimento de alguém que sabia lidar com os diferentes tecidos da peça.

— O conhecimento do cuidado com as vestimentas de um cavalheiro pode ser muito bem aplicado à delicadeza dos trajes de uma dama, milady. — Ele tentava parecer humilde.

— Eu adoro esse vestido, obrigada. Eu lhe recompensarei.

— Não é necessário de forma alguma, foi o meu prazer, madame. — Ele fez uma reverência antes de sair.

Depois, as criadas implicaram com ele, dizendo que já queria agradar a futura condessa. Roche lembrou que logo Lorde Huntley não iria mais morar sozinho e era fácil adivinhar de quem seriam os caprichos que todos teriam que atender.

Ruth foi jantar com o vestido consertado e limpo, e contou a proeza do valete, que acabou ganhando uma moeda extra.

CAPÍTULO 18

Ruth estava novamente com a camisola branca e enfeitada com rendas que pertencera à condessa viúva. Mas, esta noite, ela não estava na cama como se precisasse de cuidados. Havia convencido Graham a se esgueirar para o quarto dela outra vez. Não precisara tanta persuasão assim; saber que ela partiria pela manhã e só passaria a noite ali novamente após o casamento já ajudara muito o plano.

Ela se aproximou e sentou na beira da cama, bem perto dele, olhando-o de frente, e remexeu na barra do roupão dele.

— Quero lhe dizer que notei tudo que fez aqui — disse ela. — Quando fiquei sozinha enquanto você ia até a minha casa, fui espionar o seu quarto, o único lugar que não vira ainda. Na verdade, fui ver o seu quarto de vestir, pois achava ter imaginado tudo.

Dava para ver que ele estava se divertindo por ela confessar que foi espionar seu quarto.

— Graham... — Ela balançou a cabeça, como se nem soubesse explicar. — Você fez tudo que eu disse. Tudo que contei que gostaria de ter. Como a sala com a janela saliente, o jardim com o gramado e o chafariz com um Robin, a passadeira... e até o espelho perto da janela, no quarto principal.

— Você queria uma janela, um chafariz, uma passadeira, uma sala matinal, um espelho, um jardim e outros detalhes simples. Eu tinha uma reforma em andamento e a queria vivendo aqui e sendo feliz. Suas ideias deixaram tudo muito melhor.

— Achei que estava só me entretendo com sua reforma.

— Eu ia pedi-la em casamento, sabia disso. Comecei a reforma porque o tempo também passa para casas como essa e não ia mais morar sozinho aqui, só precisava descobrir do que você gostava e convencê-la a vir.

— Estou tão convencida que sequer quero partir! — Ruth se inclinou e o beijou. — Pare de me devolver para o lugar como uma boneca.

Ele se divertiu com a reclamação dela; já tinha feito isso duas vezes naquela noite. Mas ela começava a beijá-lo, ainda mais usando uma camisola, e ele perdia a noção de quanto estava avançando. Acabavam ambos envolvidos demais. A noite anterior fora tão mais fácil...

— Sente-se aqui ao meu lado. — Ele puxou as cobertas.

— Não. — Ela se aconchegou mais junto a ele.

— Ruth...

— Você fala meu nome como se eu estivesse cometendo uma traquinagem.

— Não é um problema se você estiver! — Ele a pegou e a colocou ao seu lado na cama.

Ruth sorria, abraçando o pescoço dele, quando Graham a beijou, relaxando o corpo contra o seu e lhe causando aquelas sensações novas que ela estava adorando descobrir. Podia sentir o corpo rígido pesando sobre seu torso, pressionando-a de um jeito delicioso.

— Talvez seja melhor deixarmos isso mais para a frente. — Ele levantou a cabeça, tentando parar de beijá-la, mas falhando miseravelmente e voltando ao que fazia. O corpo dela estava atrativo demais junto ao seu.

— Eu não quero deixar para depois. Terei de partir, mas vamos ficar juntos todo esse tempo, não vamos?

Ruth tornou a encostar os lábios nele, as mãos deslizando pelas costas, em movimentos lentos.

— Não há mais nada que você faça que vá me afastar de você. Está enganado sobre isso, não irei fugir — disse ela.

Ele tocou seu rosto e deixou os dedos vagarem sobre a pele exposta do pescoço até o colar da camisola.

— Isso é extremamente íntimo, mais do que já imaginou, Ruth.

Ele tinha quase certeza de que não tinham lhe falado detalhes sobre nada disso. Duvidava que o pai dela o faria, sua mãe fora embora cedo, e a madrasta já a encontrara praticamente adulta.

— Não me importo de ser escandalosamente íntima com você. É o que quero.

— Uma experiência diferente de tudo que já tivemos?

— Você não sabe que as melhores experiências da minha vida adulta foram com você? Meu primeiro beijo, o primeiro amor, o coração partido, a dor da paixão, a felicidade do reencontro e da segunda chance. A liberdade de seguir meus instintos até esse momento ao seu lado. Eu o amo.

Ruth o segurou pelo rosto e o manteve bem perto enquanto o beijava. Graham passou os lábios pelos dela e disse baixo:

— Você também me deu a maior experiência da minha vida: o amor, como jamais senti e pelo qual era cético. Até não conseguir esquecê-la de forma alguma. Então descobri o quanto a amo.

Ele se inclinou sobre ela, investindo em seus lábios por um longo tempo. Suas mãos deslizaram sobre o tecido delicado da camisola e a apertaram mais, delineando suas formas femininas e descobrindo seu corpo. A boca dele era quente e causava sensações quando a tocava. Ruth sentia formigamento e excitação se espalhar dos pontos que ele beijava em seu pescoço.

— Seja íntimo comigo. Eu gosto.

— Você não sabe disso — ele sussurrou de volta.

— Eu sei... gosto de estar nos seus braços. E quando beija meus lábios.

— Vou fazer mais do que isso. — Ele beijou seu pescoço e abriu o primeiro botão da camisola. — Vou beijar sua pele.

Ruth desviou o olhar para ver os outros botões sendo abertos e as rendas se afastando, expondo o vale entre seus seios e uma fresta do seu estômago, pois a abertura ia até ali embaixo. Ele se inclinou sobre ela, correndo os lábios do pescoço ao colo, e, quando respirou sobre o topo dos seios, ela mordeu o lábio e prendeu a respiração, ansiosa por descobrir como seria.

Graham a beijou bem ali, sobre a carne macia do seio direito. Ruth sentia os mamilos rijos demais, causando-lhe um desconforto inédito. Ele a aliviou ao acariciá-la e murmurar, afastando o tecido branco e expondo seus seios. Ruth chegou a prender a respiração pelos segundos de carícia que o levaram a tocá-la novamente com a boca. Ela não esperava por essa e deixou escapar um gemido de prazer e surpresa.

Graham seguiu, lhe causando todas aquelas sensações novas e

deliciosas e expondo sua pele como ela só vira em quadros. Sentia-se como uma daquelas belas, com seus corpos pálidos e expostos a olhares ávidos, eternamente registrados em telas coloridas. No caso dela, o olhar ávido que recebia era do homem que escolhera para compartilhar sua vida e, quanto mais reparava no jeito desejoso que ele a olhava, mais sentia vontade de corresponder.

— Vou tocá-la por baixo desse tecido. Muitas vezes — continuou ele, subindo a mão pela coxa, levantando a camisola. — Vamos nos livrar dela.

Ruth não estava usando nada por baixo da camisola e sentiu seu coração acelerar ainda mais. Estava a ponto de ficar nua, e a ideia lhe parecia mais interessante do que nunca. Se fosse despida, e ele também tirasse o pijama, estariam juntos como ela só podia imaginar, mas ia descobrir muito em breve.

— Vamos... E do seu pijama — murmurou ela.

— Sim, de tudo. Vamos ser só nós dois, nada entre nós.

— Nada entre nós — repetiu ela, sussurrando, o olhar preso ao dele, sentindo-se tão intimamente ligada a ele que seu coração se apertou, descompassado como já estava.

Um leve sorriso iluminou o rosto dele, e Graham a beijou carinhosamente, espalhando seu cabelo avermelhado antes de voltar a se dedicar à pele dela. Ele fez sua vontade, abrindo os botões do pijama e expondo o peitoral atlético. Ruth o tocou com as pontas dos dedos, sentindo os pelos escuros e a rigidez por baixo. Chegou ao pequeno mamilo eriçado, pensando no novo prazer do toque dele nos seus seios.

Graham desceu os lábios pelo espaço aberto da camisola, afastou as laterais e beijou seus ombros enquanto puxava o tecido pelos braços dela. Ruth sentiu as mãos dele em seu corpo, tocando-a gentilmente, desnudando-a enquanto a acariciava com o olhar. Quando ele voltou para junto dela, Ruth o abraçou, para sentir a quentura do seu corpo e a sensação da pele dele na sua. Ela fechou os olhos por um momento enquanto ele também a segurava em seus braços.

Eles se moveram, apreciando o completo contato, excitando-se entre os beijos que ele levava de sua boca ao pescoço. Ruth sentia-se confortada e desejosa sob o peso dele e o desejo que evocava. Ele era tão doce com ela e ao mesmo tempo ousado, agradando-a e tocando-a como nunca antes.

Ele a acariciou intimamente, sua mão cobrindo o monte de Vênus, e os dedos passaram sobre os pelos rubros antes de entrarem na quentura do sexo dela. Ruth exultou contra os lábios dele e voltou a conectar o olhar ao de Graham. Ele foi sutil e constante, afastando mais as suas coxas, e ela as deixou pender, entretida pelo prazer que foi se espalhando até dominá-la.

Ruth o abraçou, atônita pelo que sentiu, procurando segurança no corpo dele. Graham a beijou novamente, cobrindo-a com a quentura do seu corpo, sussurrando nos seus lábios como ela era bela, pois ele ficou hipnotizado ao vê-la alcançar aquele pico de prazer, e que a amava e não conseguia parar de beijá-la.

— Eu não quero que fique longe dos meus braços outra vez — sussurrou ele, mordiscando os lábios dela.

Graham encaixou o corpo no dela, afagando suas coxas antes de tocar seu sexo, levando-a em outra onda inesperada de prazer. Penetrou-a com cuidado e firmeza, sentindo as unhas curtas dela apertarem cada vez mais suas costas. Ruth se apertou a ele, sentindo a pressão desconfortável de ser preenchida tão intimamente pela primeira vez. Ele esperou e a tocou com tanta ternura e desejo que ela cerrou os olhos, deixando-se ir e relaxando novamente sob o calor dele.

Ruth pendeu a cabeça, sentindo-se livre por ele a segurar com força, enquanto mantinha um ritmo constante e ainda a beijava, entre ofegos e carinhos. Podia sentir a tensão crescendo no corpo dele e parecendo infectá-la. Quando ele se movia, aquele ponto sensível que ele estimulara tanto pulsava mais. Ela ouviu os sons mais ultrajantes vindos dele, mal percebendo que também derramara inúmeros gemidos de prazer sobre ele.

A respiração quente e os beijos na pele sensível do seu pescoço a deixaram mais excitada. Graham estremeceu sobre ela, que ainda segurava em seus braços como um escape para tudo que sentia. Ele voltou a tocá-la daquele jeito tão íntimo, esfregando sua umidade contra ela, e Ruth fechou os olhos, sentindo a cabeça pender para fora do travesseiro enquanto o êxtase se construía nela. Ele deixou seu corpo ao senti-la pulsar e derramou-se sobre o lençol entre as coxas dela. Ruth tremeu em uma nova explosão de prazer que a tomou subitamente, mas se espalhou como uma carícia lânguida.

Graham a ajeitou, devolvendo sua cabeça para o travesseiro, e Ruth deu um leve sorriso de agradecimento; o segurara tanto que agora os braços pendiam dos lados do corpo. Ela abriu os olhos e virou a cabeça, reparando no resto do quarto. Franziu o cenho, percebendo que, por todo o tempo que estiveram envolvidos ali, parecia que todo o resto sumira, só existia Graham, ela e aquela cama.

— Gostei de como você foi íntimo comigo — murmurou ela, sorrindo enquanto ele a observava de perto.

Graham sorriu para ela e beijou seu rosto, dando descanso aos lábios sensíveis e um pouco inchados de Ruth. Ele levantou e renovou algumas chamas e cuidou de ambos, antes de lhe devolver a camisola.

— A camisola de rendinhas da sua mãe! — Ruth riu, nada desconfortável pela intimidade que partilharam depois, quando descobriu que resquícios precisavam ser limpos.

— Vamos guardar esse segredo, as rendas nunca contarão. — Ele se divertia também.

Ruth se ajeitou junto a ele, ainda com um sorriso. A camisola podia até não estar mais na moda, mas agora era dela e pretendia mantê-la. Já adquirira carinho pela peça e gostou de usá-la outra vez e dormir com o braço sobre o torso dele, sentindo o seu cheiro.

CAPÍTULO 19

Pela manhã, Ruth vestiu novamente o conjunto de roupas e acessórios que sua madrasta lhe enviara. Graham a levou para casa, mas, apesar de preferir ficar, ela estava até feliz, pois ele lhe prometeu que se veriam em vários dias da semana.

Lorde Fawler escolheu fingir que certas coisas não aconteceram, e pularam direto para o fato de Ruth estar noiva. Poucos dias depois, os documentos para o casamento estavam prontos, e Graham foi assiná-los. Eles anunciaram o noivado oficialmente, em forma de cartas para os amigos e alguns familiares próximos.

— Mal posso acreditar! — Janet estava eufórica quando chegou para uma visita.

— Viu como é possível resolver uma história complicada sem causar enfartos nos amigos? — comentou Deeds, enquanto comia os bolinhos de Lady Ruth, que ficaram com esse nome oficial. O recheio doce podia variar, mas agora eram mais encorpados. A cada vez que fazia, Ruth melhorava.

— Se não fosse pela ajuda, eu estaria tão infeliz — disse Ruth.

— Ah! É mesmo! Eu quase me esqueci que saímos todos em uma missão pela cidade, como fugitivos em um plano. E que o desgraçado do Bagwell tentou nos agredir! — lembrou Deeds. — Essa resolução também não foi nada calma.

— Eis o noivo! — exclamou Richmond, levantando sua xícara como se fosse uma taça.

Huntley entrou com um sorriso, feliz por rever alguns dos amigos antes dos dois grandes compromissos que teriam juntos. Eles estavam visitando Ruth para um lanche no jardim, pois, naquele período antes do casamento, Lena e o marido estavam preferindo receber, assim a próxima notícia que todos teriam sobre os Wright seria o casamento.

Apesar de Ruth e Graham terem logo marcado a data, todos se encontraram antes no casamento de Eloisa, a Srta. Sem-Modos. Foi um atípico evento com uma lista de convidados maior do que o habitual. Mas foi lindo e todos adoraram presenciar a felicidade do casal.

Pelo jeito, esse período fora da cidade seria muito movimentado, pois mal deixaram Londres e já estavam todos juntos.

Cerca de um mês depois, já com o verão avançado, todos do grupo de Devon se reuniram novamente. Dessa vez, em Courtin Hill. A sala com a janela saliente havia sido liberada e todos estavam lá, testemunhando o casamento de Lorde Garboso com a Srta. Festeira.

A cerimônia aconteceu à frente da janela que Ruth tanto adorava. Ela usava branco e rosa, em um vestido feito pela Sra. Garner, inspirado por aquela outra peça que ela gostava e usara no dia de sua primeira visita à propriedade. Mas o vestido de noiva tinha uma construção diferente, mais refinada e com mangas leves e longas. De acordo com a ocasião.

Todos do grupo compareceram, não havia tanta gente quando no casamento de Eloisa, mas também era mais do que a maioria das pessoas costumava ver. Havia mais amigos do que familiares.

Ruth e Graham disseram seus votos, e os outros exultaram em volta. Lorde Pança já havia conseguido um doce e o mordiscava, com a Srta. Amável ao seu lado, emocionada ao ver o desfecho daquela história. A Srta. Preston estava junto com Lady e Lorde Bourne, que deixaram seu bebê em casa. Lydia parecia feliz naquele dia, ver Ruth terminar com a pessoa de que amava lhe mostrava que nem tudo estava perdido.

A Srta. Sem-Modos agora era Lady Hosford e, apesar de recém-casada, jamais deixaria de comparecer. Até Lorde Greenwood, que andava um tanto afastado, foi, pois ele nunca perderia um dia tão importante para o seu melhor amigo. Lydia e ele seriam as duas testemunhas que assinariam após os noivos, algo que parecia tê-los deixado tensos.

A condessa viúva, mãe de Graham, viera para o casamento do filho e estava se dando bem com Lady Fawler. Pelo que parecia, o pai de Ruth também superara a questão e estava tratando o novo genro melhor do que o esperado.

Os rapazes do grupo estavam felizes: Keller ainda implicava com os outros; Richmond não parava de fazer comentários; e Lorde Bigodão lembrava a todos que encontrara uma noiva, e seu casamento seria em breve. Esperava ver todos lá. Pelo jeito, eles teriam muitas resoluções acontecendo ainda naquele ano.

— É um dia tão feliz! — Bertha andava junto a Lydia no jardim do chafariz. — Eu fiquei esperançosa quando Ruth apareceu lá em casa. Porém, não esperava uma resolução tão rápida!

Lydia tinha um leve sorriso enquanto a acompanhava, mas não estava em seu humor costumeiro naquele dia. Geralmente não era tão quieta.

— Ir a tantos casamentos pode ser inspirador e um tanto complicado, não é? — Bertha virou o rosto, reparando no humor da amiga.

— Estou feliz por todos eles. Acho que ninguém se afastará, vamos todos continuar amigos. — Lydia seguia com seu vestido de crepe azul e seda branca balançando levemente em volta das pernas.

Bertha olhou por cima do ombro e viu que Greenwood estava sentado junto a uma das pequenas mesas e não participava da animação dos amigos. Por causa do bebê, ela ficou longe da cidade nos principais acontecimentos e ainda não entendera todos os detalhes do que aconteceu no final. Só sabia que Ethan tinha uma expressão culpada enquanto as olhava de longe, e Lydia não estava em seu humor normal.

— Não, duvido que nos afastemos. Estaremos todos sempre por perto, envolvidos nos mesmos acontecimentos — opinou Bertha.

Ruth correu para elas quando voltaram; estava tão feliz que até as abraçou ao mesmo tempo.

— Fico tão feliz em tê-los todos aqui. — Ela apertou suas mãos. — Nunca esquecerei tudo que fizeram por mim e a amizade que compartilhamos.

— Nós estávamos lá exatamente pelo carinho que lhe dedicamos, é o que amigos fazem — disse Bertha.

— No fim, foi você que resolveu tudo. Ainda estou orgulhosa da sua fuga pela noite! — Lydia abriu um sorriso, finalmente soando mais como ela mesma.

— Mas tenho certeza de que nunca mais precisará lançar mão de algo tão radical — atalhou Bertha.

— Claro que não! — Ruth se divertia. — Agora tenho um par para me levar em fugas românticas!

As três ficaram sorrindo, contentes com os planos de Ruth e Graham, que pretendiam viajar assim que a temporada de casamentos dos amigos terminasse. Por enquanto, iam aproveitar a privacidade de Courtin Hill e passar todo o tempo juntos. Elas foram para perto dos outros, aproveitar o tempo que ainda teriam com os amigos.

De 1816 até aquele momento, muito acontecera com todos eles. Haviam amadurecido e vivido aventuras juntos, era natural que estivessem mais interessados em encontrar um par para chamar de seu. Os casais que se formaram no grupo estavam servindo de inspiração até para os mais céticos sobre o amor. Mas, apaixonados ou não, sempre manteriam a fama de rebeldes.

Ao cair da tarde, as carruagens já se afastavam, e Ruth abraçava Graham, feliz por não ter de ir a lugar algum. Nunca mais. Já planejava acompanhá-lo nas próximas aventuras que viessem pela frente: torneios, viagens, caças ao tesouro, caçadas, corridas, as desventuras das temporadas londrinas... E tudo de interessante que pudessem fazer juntos. Ele continuava garboso como sempre, mas ela ia começar a fazer jus ao antigo apelido. Agora seria Lady Festeira, com o mais belo dos lordes ao seu lado para se aventurar e amar.

NOTA DA AUTORA

Queridas ladies,

Fiquei muito feliz por poder escrever essa história para a Ruth e o Graham. Desde que criei a Dama Imperfeita e abri caminho para o romance deles, fiquei pensando nos dois e em como eles reatariam, depois do escândalo na Caça ao Tesouro. Achei que a história deles acabaria vindo como um extra após a Lydia.

Porém, surgiu a chance de lançar uma surpresa para o casamento real entre o Príncipe Harry e a Meghan Markle! E tem também a história da Eloisa, que acontece antes da Lydia e vai ser lançada antes. Nada mais justo que a Ruth também vir antes das duas, pois sua história começa ao mesmo tempo que a da Bertha.

Outra coisa que adorei na história da Ruth foi que ela me fez lembrar de como escrevi o livro do Marquês e da Caroline. Foi especial voltar aos pequenos detalhes que revelavam os sentimentos dos personagens, antes de eles poderem ou quererem se declarar em palavras e atos mais explícitos. E essas sutilezas (até um tanto formais) são uma das coisas que mais adoro em romances de época. Para mim, nenhum outro subgênero do romance demonstra isso tão bem.

Então, não se percam! Enquanto a Bertha está tentando resistir ao Eric em Uma Dama Imperfeita, ao mesmo tempo, Ruth se interessa por Lorde Huntley. E, no mesmo dia que o Diabo Loiro beija a Srta. Gale pela primeira vez, Graham faz o mesmo com a Srta. Wright. Tudo naquele malfadado evento da caça ao tesouro! Bem que disseram que seria um dia memorável e cheio de aventuras.

E todos sabemos que, após aquele dia, muitas coisas aconteceram. O tempo passa dentro da história da Ruth e Graham e alcança os livros da Eloisa e da Lydia. Sendo que a Srta. Sem-Modos ainda consegue encontrar sua resolução antes da nossa adorada Srta. Esquentadinha.

Então, como ler os Preston e não perder nada?

#1 O Refúgio do Marquês

#2 Uma Dama Imperfeita

#2.5 Um Amor Para Lady Ruth

#1 Encontre-me Ao Entardecer (Trilogia Rosa entre Margaridas)

#3 A Herdeira Rebelde

Muito obrigada por me acompanhar e apoiar enquanto crio essas histórias. Leiam na ordem que vocês vão adorar rever todos os personagens do Grupo de Devon! E acompanhar cada nuance das histórias. Vão descobrir ainda mais personagens encantadores no primeiro livro da Trilogia Rosa entre Margaridas.

Para não perder nada sobre os Preston e seus amigos, sigam as redes sociais da Editora Charme e da autora.

Até a próxima aventura!

Bjux,

Lucy

Os Preston

O Refúgio do Marquês

Série: Os Preston - Livro 01

Autora: Lucy Vargas

"Agora você é meu refúgio e, com certeza, o mais belo".

Henrik e Caroline não poderiam ser mais diferentes.

Ele, o Marquês de Bridington, é um homem selvagem e inapropriado, que vive há anos no campo, fugindo dos fantasmas do seu passado obscuro e repleto de segredos.

Ela, Caroline Mooren, a Baronesa de Clarington, é uma jovem destemida, com um passado doloroso, que recebe a missão de reformar a mansão e talvez o marquês, ao menos é o que a marquesa viúva espera.

Ele é um caso perdido. Ela é uma mulher com um futuro incerto. Mas juntos, eles se completam e acendem a chama da paixão, que ambos acreditavam estar completamente extinguida, trazendo à tona segredos e temores que ambos escondem.

Se reerguer sob o peso do passado será uma batalha que ultrapassará os limites do refúgio que o marquês pensa ter construído, mas será que o amor é capaz de ultrapassar tantas barreiras e vencer, ou eles perderão tudo outra vez?

Uma Dama Imperfeita
Série: Os Preston - Livro 02
Autora: Lucy Vargas

Com seu futuro e sua reputação em risco, Bertha Gale descobre que nem a dama mais perfeita do baile consegue fugir do escândalo quando ele quer tomar seu coração e revirar sua vida, despertando paixão e ruína por onde passa.

Determinada a viver o seu primeiro amor, mas com o coração despedaçado, Bertha decidirá entre fugir ou se entregar e sobreviver às consequências.

Eric Northon, Lorde Bourne, é um escândalo ambulante. E tem mais problemas do que conta. Último herdeiro dos Northon, ele podia aprontar de tudo na temporada. Desde que se casasse no final. Ele só não podia se encantar peladama mais perfeitamente i mperfeita da cidade. E decidir arrebatá-la. Para sempre. Sem medir esforços ou consequências.

Divirta-se com o grupo mais mal falado e cheio de apelidos que Londres já viu. Ninguém sairá impune da inesquecível temporada de 1816.

Entre em nosso site e viaje no nosso mundo literário.
Lá você vai encontrar todos os nossos
títulos, autores, lançamentos e novidades.
Acesse www.editoracharme.com.br

Além do site, você pode nos encontrar em
nossas redes sociais.